「讓我們別再打仗了吧。只要澈底消滅帝國軍，就能結束戰爭了。」
這是妳與我的最後戰場，或是開創世界的聖戰 7
琪辛・佐亞・
涅比利斯九世
Kissing Zoa Nebulis IX
涅比利斯三大血族之一佐亞家的祕密武器，寄宿著「棘」之星靈的純血種。於月之塔的空中迴廊迎戰使徒聖。

「為什麼！為什麼要這樣！
本小姐……不想用這樣的立場和你交手呀！」
愛麗絲莉潔・露・
涅比利斯九世
Aliceliese Lou Nebulis IX
涅比利斯皇廳的第二公主。由於擔心妹妹希絲蓓爾的安危而趕赴別墅；爾後又接到王宮遭到帝國軍襲擊的通知而緊急返回……！

the War ends the world / raises the world

——我明明那麼珍愛你與我的聖戰。
伊思卡
Iska
隸屬帝國軍第九〇七部隊，原為使徒聖的少年劍士。由於伊莉蒂雅設下的圈套，使得他被困在露家的別墅之中。如今，他正在與覬覦希絲蓓爾的塔里斯曼交戰中……！

「咱早就習慣啦。」
使徒聖這麼回應，並摘下黑框眼鏡。
原本藏在薄鏡片底下的聰明雙眸，此時變得強烈有力，
而這肯定不是假面卿的錯覺吧。
「畢竟這已經是咱第四次活到二十二歲啦。」
璃灑・英・恩派亞
Risya In Empire
為「天帝參謀」，使徒聖第五席。雖與米司蜜絲同期入隊，卻給人深不見底的印象。她在女王宮與佐亞家的參謀——假面卿展開了對峙。

這是妳與我的最後戰場，
或是開創世界的聖戰 7

the War ends the world /
raises the world

deus So Ee suo Sez et heckt Eeo?
以為我拒絕了你們嗎？

van Eez d-kfen uc phanisis getie.
你們只是在為自己的懦弱感到膽怯罷了。

Shie-la So xedelis. Sew ele olfey tis-lisya-Ye-harp.
快回想起來。我一直都是愛著你們、撫育著你們的。

Kadokawa Fantastic Novels

「露家別墅　露・艾爾茲宮」

別墅二樓
（正在逃離
休朵拉家刺客的
追捕）

米司蜜絲・克拉斯

第九〇七部隊的隊長。雖然長著一張娃娃臉，怎麼看都是個小女生，但其實是個不折不扣的成年女子。儘管個性憨傻，但責任感強，深受部下們的信任。由於摔落至星脈噴泉，因而化為魔女。

陣・修勒岡

第九〇七部隊的狙擊手，擁有出神入化的狙擊技術。由於和伊思卡拜同一位人物為師，因此結交已久。雖說個性冷酷，而且嘴上不饒人，但也有為同伴著想的熾熱之心。

音音・艾卡斯托涅

第九〇七部隊的機工負責人。是一名開發兵器的天才，能將從超高空拋射穿甲彈的衛星兵器操控自如。她將伊思卡視為兄長般仰慕，是一名純真可愛的少女。

希絲蓓爾・露・涅比利斯九世

涅比利斯皇廳的第三公主，亦是愛麗絲的妹妹。一年前曾被帝國關入大牢，並受到伊思卡的救助逃脫。她擁有能看到過去的「燈」之星靈，因而受到休朵拉家的追捕。

別墅一樓（交戰中）

伊思卡

黑鋼後繼。隸屬於帝國軍人類防衛機構第三師第九〇七部隊的帝國劍士。一年前曾晉升至帝國最強戰力「使徒聖」，卻因為協助魔女（希絲蓓爾）越獄而被剝奪資格。目前正於別墅一樓與覬覦希絲蓓爾的塔里斯曼交手。

塔里斯曼

涅比利斯三大血族之一的「太陽（休朵拉）」當家，同時也是女王暗殺計畫的幕後黑手。雖然表現得和藹可親，但其實隱藏著極為好戰的嗜血本性。為了綁架希絲蓓爾而襲擊露家別墅。

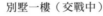

「涅比利斯王宮腹地」

星之塔

伊莉蒂雅・露・涅比利斯九世

涅比利斯皇廳第一公主，露家三姊妹的大姊。以實力孱弱的純血種身分為人所知。

女王宮

女王宮

涅比利斯八世

女王。愛麗絲三姊妹的母親。
與超越的薩林哲似乎曾有一段交情？

約海姆

「瞬」之騎士。使徒聖第一席。

月之塔

空中迴廊

琪辛

佐亞家珍藏的「棘」之純血種。

冥

「驟降風暴」。使徒聖第三席。

葛羅烏利

涅比利斯三大血族之一的「月（佐亞）」之當家。

無名

「無形神手」。使徒聖第八席。

空中庭園

昂

假面卿。佐亞家的代理當家。

璃灑

「天帝參謀」。使徒聖第五席。

太陽之塔

（沒有使徒聖入侵的地帶）

自別墅往王宮移動中

愛麗絲莉潔・露・涅比利斯九世

涅比利斯皇廳的第二公主。她是能操控寒冰的最強星靈使，以「冰禍魔女」之名令帝國聞風喪膽。在戰場上結識帝國劍士伊思卡，並將他視為特別的勁敵。

燐・碧士波茲

愛麗絲的隨從，能駕馭土之星靈。女傭服底下藏滿暗器，也有卓絕的戰鬥身手，但暗自對胸部的大小相當自卑。

the War ends the world / raises the world

CONTENTS

Prologue 「天帝詠梅倫根」

單一要塞領域「天帝國」。

坐擁世上最多領土的這個國家，是由這座帝都決定大小方針來治理。

雖說法案仍是透過帝國議會進行立法，但軍事方針則是由軍方司令部擬定方案，再根據天帝的「心情好壞」決定是否成案。

而天主府便是為此而建立的場所。

這裡是帝都最古老的高塔，而在最上層的「非想非非想天」裡——

「向閣下進行報告。已向涅比利斯王宮發起砲擊。」

『…………』

「目標是有『星之要塞』美譽的涅比利斯王宮。即便入侵其中的部隊皆為一時之選，但人數終究不多，要澈底攻陷想必相當困難。」

進行報告的人，是個蓄著鬍鬚、身穿軍裝的高大男子。

此人在帝國可說是無人不曉。他正是天帝詠梅倫根——至少國民是如此深信。

「作戰已進行了半小時。」

『……然後呢？』

「趁著火光和夜色掩護，四名使徒聖已成功侵入涅比利斯王宮。」

在帝國典禮上現身的「天帝」，便是這名威嚴十足的蓄鬍男子。

但真相是——

他不過是個代替薄簾後方的天帝本尊拋頭露面的替身罷了。

「其中三名使徒聖——璃灑、冥和無名，分別遇見了始祖後裔，並且以排除敵人為目的展開戰鬥。」

『第一席（約海姆）呢？』

「他正以女王謁見廳為目標而獨自行動，但如今已失聯超過十五分鐘。或許已經落入了敵方手中——」

『……也可能是已和女王展開交戰了呢。』

從簾幕後方傳來的，是嘶啞的老人嗓音。

就像是久臥病榻，性命宛如風中殘燭之人的最後一口吐息。

『八大使徒也真是教人頭疼啊。』

在薄簾幕的另一端。

天帝的身影像是被燭火映照出來似的微微晃動了一下。

接著是一聲輕嘆。

『趁著始祖涅比利斯沉眠的期間攻打王宮——他們的目的無非是抓捕純血種，但始祖一旦清醒過來，肯定會將怒火傾注在天帝（我）身上啊。』

「想必會走到那一步吧。」

『我還想讓始祖（那玩意兒）再多睡一陣子呢。』

薄簾後方再次嘆了口氣。

——報告結束。

侍奉替身的兩名祕書在行一禮後，先行退出房間。而在天帝謁見廳裡，就只剩下扮演替身的壯年男子。

一陣靜默。

「非想非非想天」的廳堂內，呈現出宛如被潑了一盆水般的寂靜。

「對了，閣下。」

替身輕咳了一聲。

「我想與您聊些瑣事。您最近可曾偷偷離宮，在帝都的鬧區閒晃？」

替身盯著簾幕的另一端。

就像是在凝視映出輪廓的天帝身影似的。

「第一區有謠言指出——在某天夜晚，一名少女看到了一頭外觀奇特的野獸，因而向警備隊報案。據她所言，那是一頭以雙足站立，貌似銀狐的獸類。」

『————』

「我應該再三提醒過您，請不要隨意外出散步了吧？」

『嗯？「你有這樣說過嗎」？』

語氣驀地一變。

那像是在強忍笑意，宛如男童高音般的愉悅嗓音。

『哎，既然你都這麼說了，那應該就是如此吧。畢竟你的記憶力很好啊。』

簾幕隨著「唰」的一聲拉起，而從底下現身的是——

正嘻嘻發笑的銀色獸人。

他正靈巧地盤腿坐在以藺草編織的榻榻米上。

雖然雙手的手指宛如人類般岔開，但用以直立行走的雙腳卻仍然呈現狐狸的腿型。

然而，他並非完全呈現狐狸的樣貌。雖然有著狐狸的身體，但只有臉孔與人類如出一轍。

——換句話說，他是一名獸人。

彷彿只會在童話故事裡登場的怪物，如今正看似愉快地笑著。

「…………」

但替身不為所動。

畢竟這名銀色獸人正是他的主子。

『呵呵，還真是令人懷念。』

「天帝詠梅倫根」喜孜孜地開口說。

他便是世界最大的軍事國家的象徵。

『那好像是三十年前的事了？當時也有個小男孩看到梅倫的模樣後，嚇得邊哭邊逃呢。』

「是的。我還記得自己在那個當下有多麼害怕。」

蓄鬍的替身用力點了點頭。

「目擊到閣下的少女，應該也相當恐懼吧。」

『這也是星之命運的指引啊。三十年前的幼童，如今已是出色的天帝替身，還為了增添威風而留了鬍子，如此親暱地與梅倫交談。這樣的人生挺不壞的吧？』

「…………」

『就挑那個女孩成為第十任的替身吧。雖然那也是十年後的事了。』

獸人甩動著讓人聯想到狐狸的碩大尾巴，看似開心地仰望半空。

這樣的傳統歷時已久——

始祖涅比利斯起兵叛亂，是一百年前的往事。

但遠在更久之前，天帝這個職位就已然存在，並透過未公布給帝國人民知曉的「天尊墜地儀式」進行傳承。

然而，歷史的真相是——經歷改朝換代的，只有替身而已。

——頂點不曾有變。

以「梅倫」自稱的這名天帝，在悠久的歷史長河中，一直支配著帝國的頂點。

『梅倫應該已經和你提過很多次了。』

銀色獸人將與人類相仿的手掌伸向半空。

他的手臂被毛皮包覆，既似狐狸，亦似野狼。

『從星星深處誕生的星靈極為強大，那蘊含的能量，足以讓生命昇華到不同的次元。』

「您的身姿也是拜此所賜？」

『嗯？現在不是在談梅倫的事喔？』

天帝吊起嘴角，露出賊笑。

宛如狼牙般的銳利犬齒微微顯露出來。

『涅比利斯皇廳啊，似乎正打算讓始祖以外的「魔女」誕生呢。梅倫之所以特地派出璃灑參與這次的皇廳襲擊任務，正是為了調查此事。梅倫也給了超越的魔人（薩林哲）一點提示就是了。』

「您指的是那個『實驗體E』對吧？」

『在這次帝國軍襲擊的事件中，她恐怕會現身吧。但這暫且不提。』

銀色獸人仰望天花板稍事思考。

『……真讓人頭痛。帝國現在正對涅比利斯王宮發起襲擊對吧？要是始祖醒來了，肯定會將怒火投向梅倫呢。哎，梅倫也承認自己沒對八大使徒喊停確實不對，但梅倫就是嫌麻煩嘛。』

他看似無奈地聳了聳肩。

無論是小動作還是嘆氣的方式，這名銀色獸人的舉止都和人類一模一樣。

『始祖涅比利斯——』

嗓音裡帶著濃烈的魄力。

野獸的剽悍氣息確實地隨著話語發散出來。

『在妳深潛於無垠夢境的這段期間，妳的國家似乎出現了變化呢。這不是帝國主動引戰，而是妳的後裔渴望戰火到來。』

Chapter.1　「狩獵魔女之夜　前章」

1

涅比利斯王宮——

始祖後裔們所居住的這座城堡，迄今從不曾被帝國軍入侵過，有著固若金湯的美名。

此地便是星之要塞。

藉由古老的星靈術匯聚無數星靈，將其轉化為結晶堆砌成城。王宮以漆黑的夜空為背景，綻放著如同珊瑚礁般的鮮豔光彩，佇立在大地上。

如今，這座城堡陷入了火海之中。

噴竄的火星焚燒著草坪。

灼焦外牆的火勢非但沒有減弱，甚至還燒得更為旺盛。

「燐，動作快！」

此時此刻——

愛麗絲透過王室專車的車窗仰望王宮，看到聯繫涅比利斯王宮各高塔的空中迴廊「月之冠」，此時正隨著轟然巨響向下塌落。

「……怎麼會有這種事。」

重達數百噸的瓦礫從天而降。

要是瓦礫砸在星靈部隊所在的位置，究竟會帶來多麼巨大的損害？

「愛麗絲大人，請您放心，這都在計算之中。」

在駕駛座上握著方向盤的燐快嘴回道：

「那條空中迴廊原本就有主動分離的設計，就算帝國士兵侵入城內，這樣的機關也能阻止入侵者抵達最為核心的女王宮。因此，此狀況代表城內的防禦設施依然正常運作，甚至可以說是好消息。」

「…………」

可是燐啊。

這不就像是蜥蜴為了求生，主動切斷自己的尾巴充作誘餌一樣嗎？

——愛麗絲在內心默默詢問。

為了守住性命，即使會付出些許犧牲也在所不惜——這豈不是告訴帝國軍，涅比利斯皇廳已被逼迫到這種程度了嗎？

「眼下最為棘手的，反而是這場惡火。該死的帝國軍，他們難道瞄準了位於隔離區域的燃料槽開砲了嗎……」

燐咬緊牙關說道。

劈啪！

就在這時，王室專車的擋風玻璃被打穿了一個小孔。

是狙擊嗎？

若是瞄準這輛車，用上了穿甲彈進行狙擊的話，那對方的下一步就是——

「燐，跳車！」

愛麗絲打開後座的車門，一個側翻跳出車外。

駕駛座上的燐也隨即跳車。

就在兩人摔倒在昏暗草坪上的同時，她們共同搭乘的王室專車被燒夷彈擊中，頓時化成一團火球。

「果然，對方利用夜色進行掩護，發起了狙擊！」

「愛麗絲大人，請您站在小的身後。目前尚不明瞭腹地裡混雜了多少帝國士兵，還請您留意流彈！」

在烈焰四起的響聲中，燐朝著腹地的深處跑去。

愛麗絲則是緊追在後。

——目的地是女王宮。

那是她的母親女王涅比利斯八世所在的高塔。

「愛麗絲大人，您平安無事吧？」

察覺到愛麗絲到來的星靈部隊，接連回頭喊道。

這是個被猛烈的火勢照得通明的夜晚，不過愛麗絲那身以純白質料縫製的王袍(禮服)卻依然美麗，甚至讓人忘記如今正置身於戰場。

而且相當醒目。

為涅比利斯直系子孫量身訂做的裝束之所以如此華麗，正是為了在陷入這類混戰之際，能讓部下們一眼認出其身分。

「回報你們所知的狀況。」

「是！目前我軍將防衛女王宮視為第一要務，而非戰鬥人員都已撤離至各高塔的地下避難室裡了。」

「地下避難室遇襲的狀況如何？」

「受損輕微。負責看守的星靈部隊都穩住了防線，此外，我方也收到休朵拉家已經派出私人部隊，正前往地下避難室支援的訊息。」

「……得感謝塔里斯曼卿呢。」

既然如此，眼下須掛心的事就只剩下兩件了。

首先是確認女王的安危。

再來就是這片熊熊燃燒的火海。火勢若是繼續蔓延下去，會波及到腹地外圍的市鎮地帶。

「愛麗絲大人，請您儘快前往女王陛下身邊！」

幾名星靈部隊氣喘吁吁地跑過來。

「這邊就由屬下我們──」

「別過來，快停下腳步！」

就在他們的身側。

巨大得必須仰起脖子才能直視的火焰團塊驀地炸裂，像是要將星靈部隊澈底吞噬一般。

──星靈啟動了自動防衛系統。

在察覺到烈焰逼近的同時，愛麗絲的星靈形成了一堵冰牆。但由於時間過於倉促，她頂多只能造出厚度僅有數釐米的冰之薄膜。

「唔……咕呃！」

「抓住本小姐的手！」

貫穿了冰牆的衝擊波，朝著星靈部隊狂吹而去。

就算身穿防火戰鬥服，也無法吸收衝擊波的破壞力。儘管愛麗絲伸出了手，卻也為時已晚，背部遭受灼傷的部下們接連倒地。

「愛麗絲大人，您可有受傷！」

「我沒事，但他們四個傷勢不輕……救護班！救護班在哪裡？快點來人！」

愛麗絲顧不及身旁還有燐在，放聲喊道。

但她內心其實明白。

「根本不會有救護班過來」。像四人這樣倒地不起的傷勢，此時正發生在王宮各處。

「燐，喚出巨人像，將這四人搬至露家的地下避難室，那邊應該有醫生待命才對。本小姐會在這裡等妳。」

「咦！愛麗絲大人，但這——」

燐一時說不出話。

她們最該視為第一要務的，乃是前往女王宮，而這也代表該對倒地不起的部下們採取見死不救的態度。

「本小姐很冷靜……應該說我很想保持冷靜呢。」

愛麗絲咬緊牙關，緩緩地搖了搖頭。

「女王陛下（母親大人）有護衛相伴，女王宮的防線理應牢不可破。但就眼下的情況來看，這片腹地的狀況才是真正的陷入危機吧。」

「…………」

「燐，妳要在十五分鐘後回來。本小姐會在這段期間撲滅火勢。」

「謹遵您的命令。」

燐行了一禮，她身後的地面隨即隆起。

巨大的巨人像矗立在地，抱起倒地不起的四人。

「小的預計會在十五分鐘後準時歸來，但很有可能會遭到帝國士兵妨礙。只要小的遲到的時間超過一分鐘，還請愛麗絲大人前往女王宮支援。」

燐和巨人像朝著火星紛飛的夜色直奔而去。

十五分鐘——

應該不會有問題才是。愛麗絲這麼為自己打氣，隨即嘆了口氣。

……不要緊。本小姐的判斷應當是正確的。

……就算使徒聖親自出馬，他們也不可能在這麼短的時間內抵達女王宮。

就算是伊思卡或是無名也不例外。

愛麗絲見識過的帝國使徒聖，無一不是教人生畏的精銳高手；但涅比利斯王宮可是過去以星靈砌成的「活生生的迷宮」。

對於不曉得塔內構造的人來說，想抵達女王謁見廳無疑是痴人說夢。

「所有星靈部隊聽我號令！」

愛麗絲扯開嗓子，發出不輸給爆炸聲的宏亮嗓音。

「從現在開始，本小姐要用星靈術撲滅這一帶的火勢。這過程相當危險，所有人立刻退至我身後！」

留在腹地，以滅火為優先。

這時候的愛麗絲還不曉得——

這樣的選擇，會讓她在未來後悔莫及。

2

涅比利斯皇廳中央州——

此地位於郊外，坐擁一片寧靜的田園和森林，還能遙望與地平線相繫的大雪溪。

由女王涅比利斯八世作主的露家別墅就建於此地。

露．艾爾茲宮。

這座美麗的白色古堡，擁有一望無際的廣大腹地。

雖說外觀依然保持落成當年的樣貌，但內部裝潢都做過整修，設置了附有監視器的自動門等最新型的機械設備。

而這座城堡，如今正瀕臨崩毀邊緣。

一樓的大廳天花板如今已化為坍塌的瓦礫，牆面也開出無數的大洞。

二樓的狀況亦不樂觀。

露．艾爾茲宮的迴廊，如今正斷斷續續傳來陣陣槍響。

「『又』被發現了嗎……！隊長（老大）、音音，往這裡走！」

男子像是在填補槍響聲的空檔般如此喊道。

對第九〇七部隊（同伴）的兩人這麼下達指令後，銀髮狙擊手——陣握住如今正緊貼在自己身上的少女手掌。

「呀啊！」

「該溜了。下一個能藏身的地點在哪？」

「在、在這層樓的底側！」

陣和被他握住手的少女——希絲蓓爾同時發足狂奔。

少女有一雙可愛且偌大的眼眸，並且留著一頭豔麗的粉金色長髮。微微泛紅的臉頰和嘴唇雖然充斥著緊張的氛圍，仍散發著可人的氣息。

她的年紀約為十四、五歲左右。

陣不知道她正確的年齡為何——因為這對於帝國士兵來說是無關緊要的資訊。少女僅是他的護衛對象，進一步來說，這名護衛對象還是個魔女。

此地若是兩國相爭的戰場，陣肯定已經毫不留情地將槍口對準她……

但此時此刻卻是個例外。雙方存在著名為護衛的戰略（利益交換）合作。

「把這丫頭帶到涅比利斯王宮，而我們拿到的回禮，則是能讓化為魔女的隊長遮掩星紋的貼紙……雖說早已作好覺悟，但還真是一件得捨命相陪的任務啊。」

「你、你剛才說了什麼嗎！」

「我什麼都沒說啦，妳只要記得低著頭往前跑就好。要是被瞄準我們的流彈擊中，那可不是喊一聲痛就能了事的。」

和希絲蓓爾並肩急奔的陣回應道。

他們的敵人是偽裝成帝國軍的休朵拉家星靈部隊。

為了將希絲蓓爾滅口、不讓她動用「燈」之星靈的力量，避免企圖暗殺女王的軍事政變主謀乃是休朵拉家一事浮上檯面——

休朵拉家的刺客襲擊這座宅邸，點燃這起戰鬥的導火線。

「喂，不能用妳的星靈術想點辦法嗎？像是把那群傢伙一舉轟飛之類的。」

「要是辦得到的話，我就不會僱用什麼保鏢了！」

「那這座宅邸的傭人們辦得到嗎？」

「廚師和園丁們幾乎沒有戰鬥能力，而那幾位隨從也僅有自衛的本事。要是不讓他們躲藏起來，只會讓更多人受害！」

希絲蓓爾幾乎是扯著嗓子回應。

雙方戰力差距之大可說是相當明瞭。

在走廊上展開追蹤的敵兵全都是星靈使，而且還配有帝國軍方的武裝。至於陣一行人所攜帶的武器，只能用於自衛而已。

「你、你的手裡不是還拿著槍嗎！」

「我的槍是狙擊用的，現在宅邸內打得這麼熱鬧，哪還有時間給我慢慢瞄準啊。況且我帶的子彈有限，要全數放倒他們實在太不切實際了。」

該投注心力應付的，是對方的領隊。

換句話說，就是必須狙殺當家塔里斯曼。但目前伊思卡將他絆在一樓，因此對陣來說，他最該優先處理的，便是確保護衛對象（希絲蓓爾）的安全。

「暫時還得再玩一陣子捉迷藏了。」

「啊……不、不過，若只是要逃跑的話，我的星靈術說不定能爭取些許時間。」

「真的嗎？」

「但第二次就不管用了。這是僅限一次的虛張聲勢。」

希絲蓓爾按住胸口，然後一鼓作氣轉向身後。

她面對著進逼而來的刺客喊道：

「——星星啊，讓我看看你的過去吧。」

星靈能量讓胸口的星紋綻放光芒。

光芒形成了栩栩如生的立體影像，擋在休朵拉家刺客們的面前。

那是超過十人的帝國部隊。

「什麼！」

看到倏然現身的帝國士兵，休朵拉家的刺客們毫不留情地擺出戰鬥姿勢。閃過他們腦海的，是除了第九〇七部隊（陣一行人）之外，還有其他帝國士兵待在宅邸裡的可能性。

而他們──「並沒有察覺到眼前的敵人和扮成帝國士兵的己方一模一樣」。

「嘖！報告明明說帝國士兵只有四個而已……」

「看來還有其他伏兵啊！」

刺客們以站姿扣下扳機。

當然，對立體影像開槍，只會讓子彈穿透虛空罷了。而在刺客們察覺到這是希絲蓓爾的星靈術所為的瞬間，陣一行人已經竄進階梯陰影處。

「喂，隊長，對面的狀況如何？」

「應、應該沒問題。剛才的突發狀況應該成功讓對方追丟我們了……！」

米司蜜絲隊長探聽著後方的腳步聲說道。

而希絲蓓爾則是猛喘著氣，坐倒在一行人身旁。

「呼……唔、呼……怎、怎麼樣？順利騙過他們了吧？」

「妳的星靈術還能讓他們產生幻覺嗎？」

「那並不是幻覺，我重播了那些刺客闖入宅邸時的光景。那是發生在幾分鐘前的事。」

希絲蓓爾擦拭著汗水。

「身為皇廳的一分子，只要看到眼前出現手持槍械的帝國士兵，肯定會大受動搖。加上對方還身穿帝國軍方的裝備，一定讓他們愣怔了一個瞬間吧。」

「原來如此，這的確有辦法騙過他們一次，但故技重施就會被識破。」

陣回應著希絲蓓爾，同時瞪向階梯的轉角平臺。

這裡是古堡二樓。

一樓有休朵拉家當家塔里斯曼把關，目前則是由伊思卡拖住他的步伐。

雖說希絲蓓爾的房間位於三樓，但休朵拉家的刺客很有可能已經駐守在裡頭，等待眾人自投羅網。

「無論如何，如果逃不出這座宅邸，就只能等著被包圍而已。對了，二樓有合適的地方讓我們跳窗逃生嗎？」

「呼……等……等我……一下……」

「我知道妳很累，所以就別講話了。在被對方察覺之前，我們就窩在這裡爭取時間。」

由於過度緊張的關係，希絲蓓爾陷入了休克狀態。

不過，她是在被人持槍追捕的狀況下一路逃過來的。而且這裡還是自家的別墅，對手則是同為王室的家族，毋寧說，她能堅持到現在才教人嘖嘖稱奇。

「但我也不會刻意去稱讚魔女就是了。」

「咦？」

「不是什麼大不了的事啦。妳就閉嘴聽我說，只須在我說錯的時候搖頭就好。」

「────」

「我確認一下狀況。如眼下所見，此刻受到追捕的人是妳，而與現任女王血脈對立的休朵拉家，則是為了妳的星靈出兵襲擊，我說得沒錯吧？」

寄宿在希絲蓓爾身上的燈之星靈，能讓過去發生過的事情以立體影像的形式重新播放。

即便是再凶惡的犯罪，其犯罪的過程也會以影片的形式遭到揭穿。這種星靈的能力，在解析資訊和確立證據方面可說是相當厲害。

──因此才會被人盯上。

而盯上她的，正是策劃暗殺女王的幕後真凶。

「那個和伊思卡交手的可疑男子……是叫塔里斯曼對吧？那傢伙已經親口承認，自己就是企圖暗殺女王的幕後黑手了。」

「塔里斯曼卿！您眞的就是……！」

「這也是必要的行爲。『若想抵達這顆星星的中樞，就必然需要帝國的協助』。」

休朵拉家當家塔里斯曼。

襲擊這座宅邸的主謀，即使被陣點出了眞相，也依然微笑以對。

一旦與帝國共謀的事實遭到揭發，這不是用叛國罪法辦就能解決的事；而是會直接將整個家族驅逐出境。然而，那名男子之所以能表現得面不改色，也是其來有自。

「以那傢伙的計畫（劇本）來說，只要妳消失不見，那麼他身為女王暗殺計畫的幕後主使一事就不會曝光。他只要主張『妳是被襲擊宅邸的帝國士兵抓走』，就不會遭到任何人懷疑。畢竟，此時此刻『正牌的帝國軍正在攻打王宮』啊。」

沒錯。

距離這座別墅稍遠的涅比利斯王宮，在休朵拉家的穿針引線之下，處於帝國軍方發起攻擊行動的情況。

「至於另一人——妳姊姊伊莉蒂雅似乎也是幕後黑手之一，但目前和她有關的都只有間接證據，晚一點再來找確切的證據吧。畢竟她人不在這裡，再怎麼討論也是白搭。」

「……好的。」

「我得先打個預防針。我們都是帝國人，所以攻打已經交戰百年的敵國可說是理所當然，不管涅比利斯王宮的戰況如何，我們都不會出手干預。」

「……我明白。」

「不過，我們會保護妳的。」

陣看向偌大的眸子裡閃爍著不安的魔女。

他緩緩起身——

不發一語地對希絲蓓爾招招手。

「無論我們陣營的帝國士兵往哪裡出兵，儘管妳是位於敵對陣營的魔女，我們還是會將妳護衛到王宮。所以，妳就別露出那種死氣沉沉的表情了啦。」

「誰、誰的表情死氣沉沉了！」

希絲蓓爾倏地起身，朝著陣逼近而去。

「還、還不都是因為你講話不好聽的關係！」

「有空反駁我的話，還不如拿這個時間動腦筋。總之，現在最重要的是離開宅邸。不管是二樓的哪間房都好，有哪裡是適合跳窗逃生的？」

宅邸內的包圍網逐漸收攏。

要逃的話就得往外跑。

現在是深夜時分，即便躍入偌大的前庭，也不會引人注目。而只要能逃進市鎮地區，休朵拉家的刺客們就只得乖乖收手。

「畢竟他們身穿帝國軍方的制服啊。要是敢穿成那樣走在人行道上，肯定會被星靈部隊看成正牌的帝國士兵而出手攻擊，所以他們不會追上來。」

「你要棄伊思卡於不顧嗎！」

「他會想辦法和我們會合的。」

「……對手可是王室，還是現任當家喔？」

「我知道純血種個個都是十分危險的存在，但對伊思卡來說不成問題。就算真有問題，那也會是寡不敵眾的局面；但他具備判斷抽身時機的本事。還有妳少說兩句。」

陣伸手掩住希絲蓓爾的嘴角，朝著身旁的隊長瞥了一眼。

「隊長，追兵呢？」

「不、不知道。人家沒聽見腳步聲呢。說不定是以為咱們已經逃到屋外，轉而朝外頭展開搜索了呢。」

「這樣的推測有點樂觀，但抽出一半兵力監視屋外確實是有可能的選擇……喂。」

「我、我知道了！我這就幫你們帶路！」

希絲蓓爾點點頭，指向眼前的走道。

「我們要走到底拐彎。那一區都是些沒在使用的房間，加上窗外種有茂密的樹木，從那邊跳窗應該也不會引人注意。」

她邁出步伐。

就在少女向前挪動纖細的腿部後，她的腳底隨之「唰」的一聲朝下陷去。

「……咦？」

察覺有異的希絲蓓爾停下腳步。

踩在她腳下的，並不是葡萄酒色的地毯，而是由閃耀光輝的白色結晶堆積而成的厚實積雪。

——找到你們啦，帝國士兵，還有希絲蓓爾小姑娘。

「希絲蓓爾小姐！危險！」

希絲蓓爾身後的音音握住她的手掌用力一扯，將她抱進自己懷裡。

就在這一瞬間，天花板炸裂開來。

緊鄰三樓的天花板開了個大洞，宛如瀑布般的大量白雪氣勢洶洶地從天而降。

「宅邸裡居然吹起了暴風雪？是那個老婆婆幹的好事嗎！」

陣架起狙擊槍。

他瞄向自天花板撒下的大量雪之粉塵，對準位於深處的紅色「魔女」開槍。

然而——

「沒用的，帝國士兵。」

隨著老婦的這聲話語，子彈被吸進暴風雪中消失無蹤。

「老身能在一立方公尺空間裡匯聚的雪量，足足有五百公斤。這能作為抵禦各種音波和衝擊的緩衝材料，就算用上機槍也無法射穿。而這小小的一粒子彈，就更是不在話下了。」

露．艾爾茲宮的走廊逐漸染上一片雪白，逐漸轉化成冬季雪景。

「剛才雖然讓你們給溜了，但希絲蓓爾小姑娘應該跑不了多久吧？」

「嘿，老婆婆，妳來招待我們了啊？」

從天花板洞口一躍而下的，是一名老婦。

魔女的身材消瘦，穿著形似神父服飾的紅色衣裳。在純白色的走廊上，就只有她的存在顯得極為突兀。

——白夜魔女葛琉蓋爾。

她是操控冰之星靈的分支——「雪」之星靈的魔女老將，其名聲之響亮，甚至被刊載在帝國的魔女名簿上頭。

「妳倒是咬得挺緊的，現在可是老人家就寢的時間啊。」

「老身也想好好睡上一覺啊，畢竟我已經玩膩鬼抓人了。」

紅衣魔女張開雙臂。

「老身要帶走希絲蓓爾小姑娘啦。」

「恕我敬謝不敏。」

就在同一時間。

魔女腳下的雪堆飛濺，陣握著希絲蓓爾的手向前疾奔。

「阿陣，剛才的那個又要追來了……！」

「別管了，隊長。有空看後面還不如快跑！」

由星靈能源製造的巨人發出咆哮聲，站起身子。

——巨人像。

老練的土之星靈使能利用「土」打造巨人像，但用「雪」作為材料所打造的巨人像，就連陣也是首次見識。

「音音，別開槍。對付那傢伙只會浪費子彈。」

想鎮壓這巨人極不容易。

就算用步槍或機關槍打壞一小部分，這巨人像也能復原無數次，並再次襲擊過來。如今，雪之巨人像正隆隆作響地踏著地板，朝著眾人追擊而來。

「這、這下該怎麼辦呀！」

「一樓（樓下）已經沒得選了，二樓（這裡）則有打不贏的追兵，所以除了三樓（樓上）之外，已經別無選擇了吧？快往上跑！」

眾人跑向通往三樓的階梯。

這是用來設計給人類行走的階梯，對於巨大的巨人像來說肯定舉步維艱。

然而——

「這明顯是在誘導他們」。

「……和狩獵沒兩樣啊。」

年老的魔女正緩緩邁步。

原以為她會將追蹤完全交給兩隻巨人像去辦，不過她本人也隔著一段距離，沿著陣等人的腳下——殘留在積雪上的足跡展開追蹤。

就像獵戶一般。

「但是老婆婆啊，妳已經是把老骨頭了。」

陣衝上階梯。

他在冰冷的大氣中呼出耀眼的白色吐息。

「就讓妳知道誰才是狩獵的一方吧。別小看我們帝國兵了。」

3

露・艾爾茲宮一樓大廳——

火花劈啪作響。

針狀的縷縷黑煙從左右兩旁的牆壁竄起，朝著天花板緩緩升去。

讓人發嗆的大量粉塵充斥著視野。如今，大廳的牆壁和天花板已被摧毀得不成原形，而這些粉塵便是僅存的殘渣。

「皇廳（這個國家）實在是太陳腐了。」

像是破海而出似的——

將白西裝穿得筆挺的壯年男子，自白色粉塵中現身。

身材壯碩的這名男子有著不輸電影明星的瀟灑面容，以及如紳士一般柔和的微笑。

休朵拉家當家塔里斯曼。

他既是統率三大王室之一的強大純血種，同時也是軍事政變的幕後主使。

「現任女王的露家只打算維持與帝國之間的膠著狀態，佐亞家持續嘶吼著報復帝國的心願。而我們（休朵拉）呢，則是對這個國家的現況感到厭倦了。」

「…………」

「帝國人，你對這樣的局勢有何看法？」

「不知道。」

對方以柔和的眼神如此提問，帝國劍士——伊思卡惡狠狠地回應道。

「我不是說過，我沒打算陪你聊天嗎？」

「哦？」

「我再怎麼蠢，也還是看得出來你這只是在耍弄手段。你這是在爭取時間，好讓同夥捕捉希絲蓓爾對吧？」

前使徒聖伊思卡。

他讓第九〇七部隊的其他同伴先走，孤身一人接下了為希絲蓓爾爭取時間逃跑的任務。而他之所以這麼做，最主要的原因便是眼前的休朵拉家當家。

男子看似沉穩老實，但那只是為了收服民心所展露出來的演技。

他的本質，是在變強之路上登峰造極的修羅。

……始祖涅比利斯的後裔，寄宿了「波」之星靈的純血種。

……這傢伙太過危險了。

啪答——紅色的水珠垂落而下。

一度止血的額部傷勢此時再次裂開，流下涔涔鮮血。在鮮血流入眼睛之前，伊思卡以手背擦去血液。

「不過，你這人究竟是怎麼回事？雖然你說我是在為捕捉小希絲蓓爾爭取時間——」

瞬間——

休朵拉家當家的身影一晃。

堆積在地板上的瓦礫宛如被炸開般四下飛濺。在肌膚感受到強烈壓力的瞬間，伊思卡用盡全力朝後方一跳。

空氣「砰」的一聲炸裂開來。

塔里斯曼的拳頭掠過鼻尖，撕裂虛空。強大的風壓有如火車呼嘯而過，不僅吹起了伊思卡的頭髮，更讓他的身子微微離地。

「僅憑風壓」就有如此威力。

……這居然是普通的波之星靈所能釋出的力量？

……他的拳頭究竟壓縮了多麼強大的波動啊！

所謂的波即是「波動」。

而波之星靈所能操控的，正是這種無形的物理能量。

這種星靈本身並不罕見。根據帝國軍方的分析，波之星靈術大多是將波動塑造為「看不見的子彈」，並宛如大砲般擊發而出。

但塔里斯曼和那些星靈使不同。

利用星靈術產生的動能，他將其轉換成加速度，藉以強化自己的體術。

「我對你那雙眼睛的評價愈來愈高了。」

塔里斯曼的身影驀地消失。

氣息從頭頂上方傳來。察覺此事的伊思卡仰起頭，搶在塔里斯曼躍下之前對上他的視線。

「這樣也反應得過來啊？是仰賴聽覺……不對，是觸覺嗎？」

「都有。」

大氣輕晃，產生些許氣流。

伊思卡的肌膚一感受到這陣微風，便在目視敵人的身影之前擺出迎擊架勢。

他能在不仰賴視覺的情況下捕捉對手的動作，是他積年累月的鍛鍊成果。

——碎裂。

躍至天花板高度的塔里斯曼，一拳打碎了古堡的地板。這一擊宛如巨砲轟炸，隨著震天價響的地鳴聲，將石造的地板打得碎裂四散。

「真了不起，彷彿從頭到腳都具備聲納功能似的。」

塔里斯曼嘴上如此稱讚。

但他掃向伊思卡身影的眼睛卻「帶著笑意」。一旦伊思卡出手反擊，他便會進一步展開反制，並打算將他擊潰。

因此伊思卡刻意與他保持距離。

如此認定的塔里斯曼佇在原地，撢了撢西裝上的塵埃。

這是外人絕對無法理解的一幕——兩人看似瞪著彼此默默對峙，實際上則分秒上演性命相搏的先機之爭。

「雖然我剛才也講過了，但這可真是難以理解。」

在整平西裝的衣襟後，壯年的魁梧男子聳了聳肩。

「你們這些帝國士兵，為什麼偏偏要去護衛涅比利斯皇廳的重要人士？不惜賭命也要保護她的原因為何？她和你們談了多優渥的報酬？」

「剛才襲擊我們的人是你。擊退暴徒有什麼不對嗎？」

「雖然講這個太晚了點，但這完全是你誤會了。」

塔里斯曼微微苦笑。

「這裡可是露家的別墅喔。一般來說，看到有帝國兵出現在皇廳王室的城堡之中，會感到意外才是正常反應吧？」

「少騙人了，伊莉蒂雅肯定告知過你了。」

「唔！」

「你太小看我們了。」

有那麼一瞬間，休朵拉的當家瞇細眼睛。

而伊思卡則是瞪視著他的雙眼這麼宣告。

——塔里斯曼有所不知。

早在這場襲擊行動之前，第三公主希絲蓓爾就已經在尋找「王室的背叛者」了。

「我……我看不透姊姊大人的心思！妳難道打算背叛母國嗎！這到底是——」

「——伊莉蒂雅姊姊大人！」

第一公主伊莉蒂雅正在著手推翻女王（母親）的政權。

而她這位當事人，則是在帝國軍襲擊涅比利斯王宮的前一刻返回王宮。

……這肯定是為了幫帝國軍領路。

……她要以當地嚮導的身分，將帝國的精銳部隊帶進王宮。

那不會是倉促之間成立的計畫。

至少得花上好幾年。說不定能追溯至塔里斯曼的上一代或上上一代，而伊莉蒂雅八成贊同了他們的計畫。

「反倒是我有問題想問你。伊莉蒂雅為何要背叛女王？」

「哦？」

「少裝蒜了。我知道你和她是這起計畫的主謀，不管你再怎麼嘴硬，在希絲蓓爾面前都無所遁形。」

「你對她的美貌有何感想？」

「…………什麼？」

這是為了擾亂自己(伊思卡)的氣勢而作出的發言嗎？

塔里斯曼沒理會伊思卡作勢備戰的反應，繼續開口說道：

「這世上若是存在所謂的魔法，那肯定是用來形容小伊莉蒂雅的美貌啊。她有著天仙也自嘆弗如的美貌，是上天賜與的禮物啊。」

「…………」

這和自己的提問有何關聯？

就在伊思卡要這麼反問的前一刻——

「『但她卻不受星星寵愛』。」

休朵拉的當家冷冰冰地說道：

「你似乎有點誤會。我們和她的目的並不一致，彼此提倡的思想也有所歧異。這純粹只是在實現理想的過程中，偶然出現了交疊罷了。」

「……你指的是推翻女王嗎？」

「我還以為帝國軍人會舉雙手贊成呢。只要現任女王下臺，皇廳就會暫時衰敗下來，而這也會讓帝國的戰況變得有利許多吧？」

「你就是用這種說法和帝國搭上線的吧？」

「這就任君想像了。」

「……我就只回答你一個問題。」

伊思卡望向像是在評估自己斤兩的純血種。

他舉起右手的黑色星劍，將劍尖對準塔里斯曼。

「這種與皇廳交戰的形式，並不是我所期盼的。」

「什麼意思？」

「休朵拉（你們）的作法改變不了任何事，只會對兩國造成更多傷害，並且以加深彼此鴻溝的形式終結而已。」

一邊是先下手為強，一邊是挾怨報復。

蓬勃發展的兩大國在世界各處爆發的小規模抗爭，只會在這之後愈演愈烈。

……這並不是我要的。

……我所期盼的「終結」並不是這麼一回事。

伊思卡終究是個帝國人。

不可否認的是，他內心依然期望著這場戰爭結束的方式是以帝國方的勝利作收。

——「但這不包含皇廳的滅亡在內」。

由帝國軍活捉涅比利斯王室的成員，並在帝國的主導下進行談和——這就是伊思卡所期盼的落幕方式。

「你幹得『太過火』了。無論是帝國還是皇廳，我都不願看到他們消滅。」

「哈哈！原來你是個浪漫主義者啊。」

統率王室之人出聲冷笑，用力拍了拍手。

「何等甜蜜的白日夢啊。如此浪漫的思維，和你的修羅本性極不搭調。但遺憾的是，除了你以外的使徒聖，以及我以外的王室成員，全都期盼著這一天的到來呢。」

「……這是什麼意思？」

「這是個一較高下的好機會。這幾十年來，所有人都對兩方陣營孰強孰弱深感興趣吧？」

寄宿了強大星靈的純血種——「暴虐」的塔里斯曼。

這名男子張開雙臂。

「一邊是帝國引以為傲的『使徒聖』，另一邊則是身為始祖涅比利斯後裔的『純血種』。而這一夜，正是雙方正式分出個高下的大好時機啊。」

Chapter.2 「狩獵魔女之夜　中章」

1

涅比利斯王宮——

此地是由始祖涅比利斯率領在帝國本土遭到迫害的星靈使們打造的要塞。

這座王宮由星（露）、月（佐亞）、太陽（休朵拉）三座高塔以及女王宮合建而成，而這是連帝國都知曉的公開資訊。

如今，一支帝國部隊正朝著女王宮進軍。

「哇喔？真危險……」

就在立足點前方約十五公分處的位置。

利用玻璃打造而成的空中迴廊「月之冠」，在侵門踏戶的帝國部隊面前發出了轟然巨響，整個垮了下來。

「哎呀，真危險啊。要是後退的時機再晚個一步，就得一頭栽進地面啦。這裡的高度可是和高樓大廈差不了多少呢，超可怕的。」

「唔……冥、冥大人！」

還是有人慢了一步。

帝國軍的隊長抓著傾圮的地板邊緣發出慘叫。他雖然想攀爬回地面，但要是施力過大的話，恐怕只會壓垮地板，朝著下方墜落。

「還、還請您支援屬下！」

「唉～真是的。小隊長，我不是說過要儘快退後嗎？」

感到傻眼並發笑回應的人，是位野性十足的女兵。

使徒聖第三席，「驟降風暴」——冥。

雖然個頭嬌小，但坦克背心戰鬥服所露出的上臂，可以看到結實得宛如鋼鐵的肌肉。她有一頭蓬亂的長髮和曬得黝黑的肌膚，虎牙則是出奇地長，甚至透出嘴唇外頭。女子閃閃發亮的雙眼，讓她看起來就像是大型的貓科肉食動物。

「真是的，淨給人家惹麻煩。」

她拎起隊長的後頸，隨即朝身後高高一拋。

明明是近百公斤的魁梧帝國兵，她卻用單手輕鬆抬起，像是扔擲塑膠水壺一般舉重若輕。

隊長「咚」的一聲在走廊上著地。

「感、感謝您出手——」

「以為這樣就算撿回一條命了嗎？」

話聲從正前方傳來。

空中迴廊的地板已盡數坍塌毀損。而原本站在玻璃天花板上頭的少女，就在這時跳進了走廊之中。

「各位帝國軍方的貴客，您們的性命將在此終結。就由我親手送各位一程吧。」

那是一名看似稚幼的黑髮少女。她身穿珠光寶氣的禮服，配上冷淡的口吻，給人宛如洋娃娃般的印象。

琪辛．佐亞．涅比利斯九世——

魔女在現身並自報名號後，隨即從全身上下射出數以千計的細小飛針。

「執行抹消。從我的眼前消失吧。」

那是形似海膽尖刺的紫色荊棘。

荊棘隨著「嗡」的奇特聲響，如同驟雨般朝冥傾瀉而下。

「哦，不妙、不妙。」

冥露出凶猛的笑容向上一跳。

就在她將身子貼在離地約四公尺高的天花板的同時，被琪辛射出的荊棘刺中的地板，接連被刨出一個個大洞。

地板融解了？

還是消失了？

就在帝國部隊為這光怪陸離的情景為之屏息的同時——

「哈哈！原來如此，是抹消物質的類型啊。」

只有跳到吊燈上頭的冥，以喜孜孜的口吻滔滔不絕地說。

「我原本還以為是干涉時空的類型，但空間沒被削掉呢。看來是能夠干涉物質的星體干涉類——我沒說錯吧，小姐？」

在消滅地板後，針刺再次蠕動，朝著目標襲擊而去。

冥凝視著襲來的飛針。

「從星球深處誕生的『第二世代型』的星靈。寄宿這種星靈的魔女，星紋好像大多呈紫色的樣子，讓人家看看嘛？」

「不好意思，我還是個冰清玉潔的少女，不打算在您面前袒露肢體。」

「哈！少女？嗜殺成性的魔女少在那邊模仿人類說話了。還是說，怪物也有想轉化為人類的心願？」

「…………」

「妳那身漂亮的外衣，就由人家幫妳剝掉吧。」

琪辛穿在身上的，是一套雍容華貴的王袍。這是僅准許始祖後裔穿戴的服飾，與纖瘦的少女十分貼合。

「人家很想要純血種的樣本呢。就讓我撕掉妳那身可愛的衣裳，瞧瞧星紋烙印在妳身體的哪個部位吧。」

「啊啊，太棒了。」

聽著冥殺氣騰騰的挑釁——

有著黑髮的可愛魔女，露出了欣喜的表情。

「昂叔父大人說得沒錯，帝國士兵果然盡是些野蠻之輩。如此一來，我也能毫無顧忌地做些過分的事了——『消失吧，帝國人』。」

無數荊棘串連結合，化為刺絲狀的長鞭。

琪辛握住棘鞭，甩手便是一抽。長鞭像是擁有自我意識般地在空中蛇行，朝著吊燈上的使徒聖襲擊而去。

「愚蠢的帝國人，我要在您跳往地板之前進行抹消。」

無處可逃（將軍）。

冥只能選擇蹬踏吊燈逃往空中。然而，就算想跳上半空躲避棘鞭的攻擊，這條長鞭也是由無數「荊棘」構成的物體。

數以百計的荊棘，會在她逃往空中的瞬間襲擊而去，將冥澈底消滅。

「——妳是這樣想的吧？」

在被荊棘刺中之前。

冥對準魔女，將踩在腳下的吊燈用力一踢。

「就讓妳享受一下被玻璃雨淋的感覺吧。」

「唔！」

踢蹬吊燈逃往半空——

在被星靈荊棘鎖定時，理應只有逃往空中的選擇才是。不只是琪辛，就連冥在一旁目擊來龍去脈的部下也這麼認為。

殊不知——

「她居然踹斷了重量超過一百公斤的吊燈，藉此將碎裂的玻璃形成子彈」。

——星靈啟動了自動防衛。

理應攻向冥的荊棘，瞬間轉換了方向。

瞄準主人（琪辛）的玻璃子彈，於半空中一一遭到荊棘消滅。

「『居然反過來利用星靈自動防衛系統』！」

「什麼嘛，明明有挺強的星靈，卻只是個溫室裡的千金小姐呀？如果連制敵機先都沒學全的話，就只是個不夠格的魔女，不如說更像個洋娃娃呢？」

女使徒聖老神在在地降落在地。

她的動作輕靈如貓，即便踩到了散落在地的玻璃碎片，其腳步聲也近乎無音。

——啪！

冥輕輕打了個響指。

「還是說，小姐打算讓自己變成蜂窩呢——全員掃射（開火）。」

槍聲在高塔的通道之中劇烈迴蕩。

在背後待命的四名帝國士兵，手上拿著自動步槍ＴＨ87型——每分鐘能擊發出六百發子彈的「反魔女」帝國裝備。

四把步槍同時開火，就能在每秒射出四十發子彈。即便是星靈部隊的反星靈盾牌，也只有被澈底打飛的份。

然而——

「您是在小瞧始祖的後裔嗎？」

所有的子彈在觸及琪辛之前，就全數消散於虛空之中。

數以百計的子彈所構成的火網——能將普通人類瞬間轟飛出去的大量彈雨，就像是被魔術手法變不見似的。

「……怎麼可能，那麼多子彈她居然都擋下了！」

提醒子彈射空的「嗶」聲響起。

用光一個彈匣的帝國士兵，臉孔因恐懼而抽搐。

擋下了好幾百發的子彈——雖說這對純血種而言並非難事，但帝國士兵之所以會如此驚愕，主要還是因為琪辛是以「荊棘」做到的緣故。

——說起來，荊棘根本沒有防禦子彈的能力。

那並非風或是波動一類的屏障型星靈術。

若要擋下每秒四十發的頻率射擊出來的子彈，就必須以那細小的棘刺瞄準並一一打下。

就像是用相同的槍枝擊落數以百計的子彈一樣。

即便是帝國最新研發的迎擊系統，應該也辦不到如此鬼斧神工的技巧。

「……難道說全都被她打下來了嗎！」

「因為我是月（佐亞）的血脈。」

琪辛全身上下竄升起紫色的星靈之光。

這些光芒產生出更多「荊棘」，並浮現於半空。

「佐亞的星靈控制法，是與帝國士兵（各位）交戰至今的露家和休朵拉家所不具備的……啊，我失言了。叔父大人明明叮囑過，這是不能外流的資訊呢。」

涅比利斯的三大血族各有專攻的研究領域。

佐亞家研究——星靈的「失控」與「控制」。

而其成果——亦即星靈的控制法，是露家和休朵拉家的星靈使所不具備的。

女王米拉蓓爾和愛麗絲的星靈術，都暗藏著會波及己方的缺點，但琪辛能精準地瞄準敵方發起攻擊。

就連抵擋子彈，也是控制得如此精密才辦得到的本領。

「我失言了。不過，只要將知情之人全數抹消，就沒有……」

「『暴嵐荒廢之王』，啟動。」

女子單膝跪地。

使徒聖第三席——『驟降風暴』冥這麼出聲說道。

冥裸露的肩部皮膚綻裂開來，噴出了鮮血。

琪辛則是不為所動。使徒聖冥只是擺出將某物扛上肩的姿勢，身體卻像是被利爪撕裂一般流出鮮血。

然而——

「唔！」

純血種琪辛在這一瞬間，在人生中首度竄起一道冷顫。

「情況相當不妙」。

即便經歷了佐亞家嚴厲的鍛鍊，她也未曾像現在這般感受到威脅。而直覺導向了這名使徒聖所擺出的姿勢。

「太慢啦。」

「荊棘啊！把那個女人切成碎——」

這句話相當於處決宣告。

冥一直扛在身上的光學迷彩兵器，隨著正式運作而現出原貌。

原本呈現透明的物體，轉變為閃耀著深灰色光芒的巨大砲臺。

——電控型36管機砲「暴嵐荒廢之王」。

這是「每秒能射出一千發」子彈的船艦型兵器。而這世上不存在能擋下每秒一千發子彈的星靈使。

無論是火焰、強風、閃電、冰塊、水流或土之屏障，都能悉數擊穿。

能殲滅所有星靈使的兵器。

「我不是預告過，要說說我『驟降風暴』的渾號是怎麼來的嗎？」

女使徒聖咧嘴一笑，露出了尖銳的虎牙。

雖然是宛如貓咪般可愛的表情，但同時散發出宛如獅子般的殺氣。

「所以說，拜拜啦，可愛的小魔女。」

棘之魔女琪辛——

聽見了襲向自己的風暴所挾帶的巨響。

＝＝

女王宮空中花園——

由於熱流沖天的緣故，原本瀰漫著芬芳香氣的花草，如今也散發起些許刺鼻的焦臭味。

「哦，這麼說來，美麗的使徒聖閣下，能否容許我詢問一件事？」

昂・佐亞・涅比利斯。

身穿黑色西裝的這名男子，是有資格代替王家三大血脈之一的佐亞家當家執掌指揮的人物。

由於他自稱為了遮掩舊傷而戴著面具，因而亦以假面卿自稱。

「我忘了詢問一個最重要的問題呢。妳——是怎麼踏進女王宮（這裡）的？」

女王宮的大門深鎖。

其餘的帝國精銳士兵之中，還未有人得以入侵此地，但為何只有這名女子能拋開部下，孤身一人抵達女王宮？

「嗯～可是說出口的話，會影響到咱的生意呀。」

回應假面卿的人，是戴著眼鏡的高挑女性使徒聖。

她以浮誇的動作側起脖子，用輕快的語氣回答：

「但這種光明磊落詢問帝國（敵方）的態度，咱倒是不討厭就是了。」

使徒聖第五席璃灑。

素以天帝參謀之姿活躍的她，如今卻離開帝都親自參戰。光是這樣的事實，就足以窺見帝國「認真」的程度有多高。

「我不指望妳將手法全數公開，但既然妳提到了生意二字，那給些甜頭（贈品）應該也無妨吧？」

「那咱就只給點提示。正面的大門還關得好好的喲。」

「哦？」

假面卿昂手抵下頷，咕噥了一聲。

「既然如此，那更進一步的答案——」

消失了。

假面男子像是融於夜色般消失無蹤，只將話語聲留在原地。

「唔！」

「就問問使徒聖閣下的身體吧。」

消失的嗓音，從身後再次出現。

那是瞬間傳送的星靈術。假面卿的匕首穿越空間，刺中璃灑的背部——理應是如此才對。

「什麼？」

「……哎呀，真危險啊。咱就知道你會來這招。」

匕首的刀尖撲了個空。

在假面卿罕見地發出驚呼聲的同時，有著天帝參謀頭銜的女使徒聖輕巧地轉了個圈。她行雲流水地蹬地一踢，向後退去。

「啊，咱忘了說了。不巧的是，你偷襲的手法咱已經知道了。你還記得名叫米司蜜絲的帝國士兵嗎？」

「米司蜜絲？」

「在爭奪謬多爾峽谷的時候，你曾把一名帝國軍隊長踹進星脈噴泉之中吧？你如果沒打算記住的話，咱也沒打算多提就是了。」

在眼鏡的鏡片底下。

女使徒聖睜著聰穎的雙眸瞪向敵人。

「她和咱是同一期入隊的，所以咱也從她那兒打聽了不少和你有關的事。」

「……米司蜜絲。喔，我想起來了，原來是那位嬌小的淑女啊？原來如此，既然有這層關係在，那在道理上就說得通了。哎，但我的能力其實也沒什麼大不了的，要是被人知道了，也只能乖乖吃癟了。」

假面卿將出鞘的匕首直接收進懷裡。

「不過這可真有意思呢，璃灑閣下。與妳同期入隊之人明明還在當隊長，妳一個人卻先當上了使徒聖？」

「嗯，是沒錯啦。」

「為了爭取飛黃騰達的機會，帝國軍裡的競爭不是非常激烈嗎？像妳這樣優秀的人才，想必會受到周遭人們的嫉妒吧？」

「咱早就習慣啦。」

使徒聖這麼回應，並摘下黑框眼鏡。

原本藏在薄鏡片底下的聰明雙眸，此時變得強烈有力，而這肯定不是假面卿的錯覺吧。

「『畢竟這已經是咱第四次活到二十二歲啦』。」

「……哦？」

「啊，這可得保密喔。要是傳出去了，咱可是會捱天帝大人的罵的。」

她以手指勾著眼鏡的鉸鏈。

璃灑靈巧地轉著手裡的眼鏡，意有所指地輕笑一聲。

——反正你就算知道了，也沒本事加以利用吧？

她的笑聲蘊藏著這般挑釁的意味。

「不過，帝國兵的進步也是日新月異的喔。若想和魔女或魔人交手，那咱們也得想盡辦法加強實力才行呢。」

「這可真有意思。我還以為閣下是一名年輕的才女，想不到竟是一名久經沙場的老婦？」

「不不不，咱還是一名少女喲？咱定下的規矩，就是在踏入三十歲大關前『從頭來過』。而咱現在正是個貌美如花、芬芳馥郁的淑女喔。」

嘴上敷衍的璃灑揮揮手，微微露出苦笑。

「咱沒做過回春保養或是整容手術，而是用上了更為疼痛且可怕的手段。如果你有興趣，不妨來帝國走一遭吧？」

「這份好意我心領了。」

「那可真是可惜。啊，想想也是，咱們家八大使徒所發布的業績標準是——」

驀地發出了「咻」的聲響。

隱約有些不對勁。那是混雜在夜風的吹拂聲中的一道破空聲。

「要咱抓個純血種回去呢。」

細線迸出光芒。

比頭髮更為纖細的纖維，纏上了假面男子的頸脖。原本優雅而立的純血種，此時不禁發出了動搖的喊聲。

「怎麼回事！」

他立即進行了傳送。

僅僅移動了兩公尺的假面卿睜大眼睛，看見險些逮到獵物的發光細線收回璃灑手裡。

「啊，可惜。你的反應可真快呀。」

宛如蜘蛛一般。

雖然張開網子捕捉獵物，卻失之毫釐地讓其逃脫。使徒聖微微露出了苦笑。

「你知道頸動脈竇反射嗎？那是人體最致命的要害之一喔。」

「…………」

「即便是高頭大馬的壯漢，只要脖子的這裡被掐住五秒就會昏厥過去。加上這麼做不會伴隨痛覺，因此想掙扎也沒那麼容易。要是咱能再早一點收緊纏在你脖子上的線，就能俐落地放倒你了呢。哎，這大概就是缺乏練習的關係吧。」

假面卿無言以對。

身為佐亞家的菁英分子，他當然在那一瞬間就發現了。

女性使徒聖的指尖——

目前正在轉著眼鏡的那根食指，如今正竄升著星靈能源匯聚而成的星靈之光。

「星靈術這玩意兒可真是不方便呢。就連這麼纖細的線，也會讓星靈能源發出刺眼的光芒，在夜晚使用總是免不了顯眼的缺點。要是現在是大白天的話該有多好。」

「…………」

「哎，這只是對剛才奇襲的小小回敬啦。比起拿刀子野蠻地從背後襲擊咱這樣如花似玉的淑女，這樣的行為優雅多了吧？」

所謂的星靈能源，是僅有星靈才會散發出來的未知能量。

人類並不會主動散發這樣的能源，唯有寄宿了星靈的「星靈使」才能獲得那強大的力量。

然而，為何來自帝國的使徒聖也會發出這樣的光芒？

「帝國人真是些俗不可耐的存在。」

從假面底下傳出的，是讓人不寒而慄的低沉嗓音。

「表面上將我等貼上魔女或魔人一類的標籤，私底下卻將星靈納為己用。說穿了就是套著使徒聖外殼的一丘之貉……」

「哎呀，你要發火的話可就找錯人囉？」

「哦？」

「我不否認帝國進行著將星靈強制植入人體的實驗。然而，倘若沒有你們涅比利斯王室的協助，我們有完成到這一步的可能嗎？」

「……這是在告誡我們這裡有叛徒嗎？」

黑衣男子以指尖敲了敲假面邊緣。

「佐亞也對王室裡有叛徒一事略知一二，妳若是願意提供資訊，那便是再歡迎不過的了。順帶一提，能請教妳的名字嗎？」

「真是的～你這人很遲鈍耶。」

璃灑再次戴上眼鏡。

她透過薄鏡片凝視始祖後裔，然後吊起嘴角。

「你應該很清楚，咱才不想說什麼『要是打贏咱就告訴你吧』這類陳腔濫調的臺詞吧？」

「喔喔，這的確是有失禮數，是我太不識趣了。」

「『所以你是逃不掉的』。」

璃灑．英．恩派亞——

使徒聖第五席面對假面純血種，然後攤開了雙手。

星之線——從璃灑掌心長出的「星之線」在空中分裂，以蜘蛛網般的形狀籠罩起空中花園。

第四代的「紡」之星靈。

這是涅比利斯皇廳所不存在的星靈——因為這是從帝國領土內的星脈噴泉所誕生的星靈。

「想必你很想打聽咱握有的各種祕密吧？不想放跑咱吧？所以咱說什麼都不會讓你從這裡離開的。」

「真是的，這可真是教人求之不得啊。」

假面卿昂端正姿勢，優雅地行了一禮。

彷彿此地正舉辦著夜晚的假面舞會，而兩人則是參與其中的紳士與淑女，正向另一方出面邀舞似的。

「既然是美麗淑女的邀約，身為紳士豈有拒絕的道理。」

「咱不討厭這種浮誇做作的演技喔。不過……」

天帝參謀倏地瞇細雙眼。

她妖豔地抱胸扭身，像是在擁抱自己濃纖合度的身子。

「咱其實還滿喜歡你底下的那張臉喔？就算戴上了假面，也遮掩不住隱藏在底下的凶殘本性，確實很有魔人的風範呢。」

「哎呀，我怎麼不知道有這回事？」

「那咱就幫你一把，用實力剝下你的面具囉？」

兩人以深藏不露的眼神對談著——

下一瞬間，魔人與使徒聖同時蹬地衝出，宛如翩翩起舞的一對男女。

2

同一時間——

在月之塔與女王宮相繫的空中迴廊「月之冠」的走道入口處。

喀答喀答……

喀答……小石頭的碎片掉落在地。這些碎片的來頭，出自於幾秒前仍是構成高塔牆面和天花板建材的特殊礦石。

這種石材相當堅固，即使受到撞擊也不會產生裂痕。然而，此時石材接連塌落，使得牆壁崩出了一個大洞。

——電控型36管機砲「暴嵐荒廢之王」。

僅僅藉由一挺攜行兵器所造成的破壞。

「呼。啊～好重、好重。」

冥隨手一甩，將巨大的機砲砸在地板上。

扛著這挺兵器使得肩膀皮膚綻裂開來，滲出鮮血；而雙腿則是承受著開槍的反作用力，腳掌沒入地板之中。

然而，最該讚嘆的並非兵器的威力，而是冥的能耐。

這名女兵「在闖入王宮後就一直扛著這挺兵器行動」。

即便藉由光學迷彩的技術隱匿外型，重量也不會因此而減輕。

機砲本身雖作過輕量化處理，畢竟還是搭載於艦艇的兵器。而扛著這挺武器的冥依然能若無其事地行走、跳躍，甚至跑步。

上天所賜與的肉體——

一如魔女和魔人被「星靈」寄宿，這名女性使徒聖的肉體也與生俱來地與眾不同。

「冥大人，那個……作戰的目的應當是活捉純血種才是……」

「啊，糟糕了，不小心做過頭了。」

冥露出苦笑。

走道上堆起瓦礫所構成的小山，而對側則是瀰漫著細小的粉塵，就算用上步槍的瞄準鏡，也難以窺探狀況。

當然，人類沐浴在每秒一千發子彈所構成的火網底下，絕不可能安然無恙。

「看到那種被捧在掌心裡的大小姐，人家就忍不住想欺負一下嘛。人家可是一出生就活在硝煙之中，啜飲著泥水苟且偷生，還得自行挖開化膿的傷口……那可是性命相搏的戰場呀——但純血種不一樣。」

他們只是「偶然」在出生時寄宿了強大的星靈。

光是這麼一個偶然，就讓他們獲得了不知人間疾苦的優渥生活，就算心血來潮走上戰場，也能將帝國士兵如螻蟻般加以蹂躪。

——你們為什麼如此脆弱？

他們會露出輕蔑的眼神這麼說道。

「帝國迫害了魔女？」——錯了，是魔女蔑視著人類才對。

冥和其四名屬下，已在戰場上見過太多次了。

魔女睥睨著己方，其輕蔑的眼神像是在掃視弱者。當然，涅比利斯皇廳從未公開承認這樣的行徑。

創造星靈使不受迫害的世界？

這根本是漫天大謊。

鼓吹這般思想的始祖後裔們，是這世上最輕蔑「一般人」的存在。

「所以人家才會感到一肚子火呀。對吧，小隊長？」

「您說得沒錯。因為我們是以人類的身分出戰的。」

帝國也有著帝國秉持的正義。

僅是平凡人類的帝國士兵，必須接受魔女和魔人所無法想像的嚴酷訓練，才能獲得踏上戰場的資格。

然而——

他們卻被天生擁有強大力量的魔女打得落花流水。

雖說坊間流傳帝國擁有非人道武器的傳聞，但就現實情況來說，「帝國兵被星靈部隊單方面擊潰」才是稀鬆平常的戰況。

「所以帝國士兵學會動腦囉，小姐。無論是人家的武器還是這次的侵略行動，都是運籌帷幄的結果。但對於活在薔薇色世界裡的小朋友來說，應該無從理解吧。」

她對著堆積如山的瓦礫咂嘴一聲。

女性使徒聖對部下們使了個眼色，接著轉過身子——就在此時，瓦礫滾落的「喀答」聲傳進她的耳朵。

「…………」

「冥大人？」

「太好了。畢竟原訂計畫是要活捉妳呢。妳能倖免於難真是再好不過了，小姐。」

依循冥所凝視的方向看去——

可以看到高高隆起的瓦礫，正伴隨著詭異的聲響逐漸消失，宛如融化的冰塊。

「這怎麼可能！」

「都、都捱了那麼多發子彈，居然還能倖存下來！」

「小隊長，該閉嘴囉。你們快去後面把風。剛才那陣槍聲，想必會引來不少星靈部隊。」

說到底，部下們根本派不上用場。

既然暴嵐荒廢之王的掃射無法置之於死地，等同於無法指望身後部下們的支援射擊。

「不過，即便強如純血種大人，似乎也沒辦法將之抵消呢。」

「……………唔……啊…………」

黑髮少女猛喘著氣，從瓦礫堆的縫隙中爬出身子。

設計得相當華美的王袍，如今成了不堪入目的破布；平時與日曬無緣的雪白肌膚，則是被瓦礫刮出了傷痕，滲出鮮血。

如同絲綢般柔順的黑髮，也被粉塵染成了髒兮兮的白色。

最重要的是——

少女可愛的臉龐，如今正因劇痛和恐懼而皺成一團。

「好……好痛……我……流了……這麼多血……？」

純血種琪辛並不是沒有嘗過敗北的滋味。

與帝國劍士伊思卡的一戰，讓她體會到了意料之外的敗北。然而與伊思卡不同，這位名叫冥的女性使徒聖，擁有他所不具備的事物。

——一股怨氣。

是數千、數萬名帝國士兵投向魔女的怒火。

他們期望的並非和平，而是殲滅世上所有魔女。而琪辛與伊思卡交戰時，並未體驗到這種憤怒的情緒。

因此，她明白了——明白「戰爭就是這麼一回事」。

「……………昂叔父大人，我懂了。」

魔女（琪辛）的眼睛發出光芒。

那並不是在單純形容雙眼所散發的壓迫感。在冥與四名帝國兵的面前，琪辛的雙眸綻放出清晰可見的光芒。

「哦，原來是這麼回事啊？還想說衣服都破成這樣了，居然沒看到星紋，『原來小姐的星紋是在眼睛裡面』啊？」

於眼底閃閃發光的星紋。

在魔女琪辛現身的時候，這名少女用眼罩遮住了雙眼。

帝國軍方迄今也尚未收集到「星紋位於眼睛之中」的資訊。就是放眼純血種的家系，想必也是相當特別的存在。

「真教人在意啊，人家愈來愈想把妳抓回去當樣本了呢。」

「…………」

純血種琪辛搖搖晃晃地站起身子，觸碰自己被刮傷的臉頰。

她俯視著從指尖垂落的紅色水珠。

「我明白了。打仗根本不是什麼好事，再打下去也僅是浪費時間。畢竟戰爭帶給人的痛楚，是如此錐心刺骨。」

「哎呀？妳突然有了悔改的念頭嗎？」

「是的。讓我們別再打仗了吧。」

身披破爛王袍的少女，將手伸向身後的寬廣夜空。

她的眼裡沸騰著明確的殺意。

「只要澈底消滅帝國軍，就能結束戰爭了！」

空間驟然擠壓變形。

不出幾秒鐘的時間，大量的「荊棘」隨即具現化，覆蓋了她所仰望的天空。

——棘之行進「森羅萬消」。

星靈荊棘的數量來到了數十萬之多。

別說是飛空艇了，就連這座月之塔都會被分解殆盡吧。大量的荊棘瞬間擴散開來，呈現將冥和帝國士兵們包圍的態勢。

「什麼！」

「……哦，小姐，妳現在的表情很讚喔。」

「豁出去了」。

她解開拘束自己的枷鎖。步步進逼的死之恐怖，摧毀了一直告誡著自己「不得摧毀月之塔」的禁錮。

——這才是純血種應有的風貌。

這一百年來從未被帝國活捉過的怪物應有的姿態。

「冥大人！我們被敵方的星靈術包圍了！」

「看也知道啦。喏，小隊長，要認真點啊。要是沒能在被幹掉之前放倒對方，咱們可就要全軍覆沒啦。」

「妳以為自己辦得到嗎？我已經決定不再留情了。」

所有的荊棘擴散開來，化為一座結界。

其規模之大，已經不是暴嵐荒廢之王的火網所能打下的程度。然而，女性使徒聖依然掛著野性十足的笑容。

「說什麼留不留情的，小姐，妳還沒學乖呀？」

「……？」

「不過是死裡逃生一次，妳會不會表現得太得寸進尺啦？」

女性使徒聖伸出手指，輕輕撫摸落在地上的暴嵐荒廢之王。

「人家就作個預言吧。在聽到下一聲槍響的時候，就是終結之時。」

「嗯，是各位帝國士兵性命終結的時刻對吧？」

讓無數荊棘浮游在半空的琪辛，其話語中展露出絕對的自信。

至於冥的嘴角也迸出了勝券在握的野性笑容。

是哪一方在虛張聲勢？

答案是兩者皆非。無論是使徒聖還是純血種，都同樣對自己的勝利感到深信不疑。

雙方展開了行動——

面對最大規模的荊棘掃射，冥扛起自己的兵器暴嵐荒廢之王，以真正的子彈加以迎擊。

然而，雙方的攻擊同時戛然而止。

好幾頭帝國士兵未曾見過的深紫色異獸，在這時咬穿了地板跳了上來。
野獸在闖入走道的同時，被琪辛的荊棘刺滿全身上下。
「……咦？」
「什麼！」
野獸有六條腿，且即便沐浴在琪辛的荊棘之中，野獸也沒有消滅的跡象。
那並非帝國軍方的兵器。畢竟這些齜牙咧嘴的野獸，是同時朝著冥和琪辛衝鋒而去的。
野獸有著血盆大口，裂至下顎的嘴角淌著發光的唾液——唾液的顏色看起來與星靈的光芒相當相似。
而就在唾液落地的瞬間，隨著「滋」的一道聲響，地板遭到了腐蝕。
——不寒而慄。
經歷過無數生死關頭的冥，以第六感察覺到了難以形容的威脅性。
是咒怨嗎？
雖與極為罕見的「咒」之星靈相似，但無法在這一瞬間精確地作出判斷。光是被琪辛的荊棘射中還能行動自如這點，就是極為異常的事態了。
「好像不太妙，所有人拉開距離！」
她二話不說便往後一跳。

四名部下也對這樣的命令毫無異議。

「喂，小姐，這個是——」

「不會吧……難道是葛羅烏利祖父大人的星靈！」

琪辛朝著背後看去。

她的臉色鐵青。原本火冒三丈地展開星靈術的純血種琪辛，在倏然現身的野獸群面前表現出畏縮的反應。

「請等一下，祖父大人，這些帝國士兵由我來——」

就在這時——

某處傳來了恐怖駭人的野獸咆哮聲。

3

身為涅比利斯三大王室的當家。

為了扛起血族的門面，就得成為家族之中最為可靠的存在。

那麼——

要具備什麼樣的條件，才能成為最為可靠的存在？

「首先是要成為最強的星靈使，同時必須深謀遠慮，累積大量的經驗。成為當家的條件便是如此簡單明瞭。」

『那當上女王的條件為何？』

「那與當家差不了多少。硬要說的話，就是多了個支持度高低的門檻吧。」

坐在輪椅上的老者，以沙啞的嗓聲「咯咯咯」地笑了笑。

佐亞家當家葛羅烏利。

他的臉龐布滿了皺紋和老人斑，即使年過七旬，他的音量依舊宏亮，而雙眼也寄宿著強烈的意志。

「當上女王之人，是年輕、美麗，且寄宿了強大星靈的少女——光是具備這樣的條件，就足以成為國民們的希望吧。」

『這話帶著刺啊。是因為你身為男人當不上女王，才擺出這種喪家犬的反應嗎？』

「沒這回事。我對現任女王的治理手腕並無不滿。三十年前明明還是個難以駕馭的戰鬥機器，現在卻變得『頗有人味』，這點讓老夫很是欽佩呢。」

涅比利斯皇廳月之塔。

被以滿月外型的夜燈照亮的三樓空間，是平時會拿來作為演講或是欣賞電影等活動的多功能大廳。

而今晚造訪這座大廳的人，是帝國引以為傲的刺客之一——

「也是呢，當年的她和你挺像，不僅散發著冷冽如鋼的殺氣，還散發著拒絕與他人接觸的壓迫感，完全就是個戰鬥人偶啊。」

『我？和這個國家的女王很像？哈，拿我和魔女(怪物)比較可真是教人頭痛。我雖然是這副德性，還是有身為人類的尊嚴，和你們這些傢伙不一樣。』

嗤之以鼻的是一名帝國人。

使徒聖第八席，「無形神手」無名。

他的身影之所以顯得有些朦朧，是因為他從頭到腳都被淺灰色的緊身衣包覆的關係。能透過光學迷彩隱去身形的這名男子並不用槍，而是以格鬥高手的身分為人所知。

「老夫只是在聊往事。那是你可能才剛出生，或者是還沒出生時的事。」

嘰——老者稍稍靠上輪椅的椅背。

「她當時才十四、五歲吧。那沉默寡言的劊子手風格，正是現任女王(米拉蓓爾)最顛峰的時期。在那兩年間，那女娃可說是史上最強的女王候選人……但現在的她已經拔去了利牙。或許是因為當上女王後遠離戰場，也可能是生下了女兒所致。」

『你想說什麼？』

「『是時候該交棒換人了』。」

佐亞家當家葛羅烏利的話語聲鏗鏘有力。

「老夫也得感謝帝國軍（你們一夥）啊。發生這場大亂，女王肯定難辭其咎。在不久後召開的女王聖別大典上，露家將會名聲掃地，只留下佐亞家和休朵拉家。」

他伸手指向被夜燈照亮的使徒聖。

「因此，帝國軍已經沒有利用價值了。立刻殺了他吧。」

影子從老者的腳下竄出。

隨著飛沫噴向大廳高處的，是淡紫色的星靈之光。星靈之光逐漸凝縮，轉化為六腳獵犬並發出咆哮。

『是具現化的星靈能源嗎？』

「這是所謂的化身獸。你早先犯下了罪，而這份罪孽已然轉為『懲罰』了。」

老者將刺進肩膀的鐵棒拔出來。

那是宛如冰錐般的尖銳暗器。幾分鐘前——無名在打照面的同時擲出的暗器，「被這名老者刻意用肉身承受了下來」。

「你錯就錯在魯莽地朝老夫發起攻擊。好啦，你這下有辦法逃脫自身的『懲罰』嗎？」

『罪孽？不好意思，我沒有乞求贖罪的打算。』

無名氣勢洶洶地揚起一隻手臂。

那是以低肩投法擲出的第二根鐵棒。就在暗器觸及天花板的瞬間，葛羅烏利當家的頭頂上迸出了火花。

藏在鐵棒裡頭的小型炸彈爆裂開來。

頂板剝落砸下，精確地將底下的化身獸壓垮。

「根本是徒勞無功。」

被頂板壓住的野獸，居然滑溜溜地爬了出來。

「這頭化身獸不會受到任何物理手段干涉，就算是帝國的導彈也炸不毀他。這已經用你的左手臂證明過了吧？」

『原來是反擊型的星靈啊。』

無名按著動彈不得的左手向後跳去。

僅僅兩分鐘前的衝突。

他以左拳轟向襲擊而來的化身獸，化身獸的身體卻穿透拳頭，附著在他的手臂上。

——野獸化為詛咒，侵蝕起他的手臂。

罪孽指的是什麼？

這名魔人的星靈到底有什麼能力？

『星靈能源會對敵人（我）作出反應並加以成長，一旦成長到一定程度，就會化為獸型發起襲擊。而成長的條件則是敵人傷害你……似乎不只是如此啊。成長的要件不只一項，這就是你指的「罪孽」嗎？』

「老夫可不打算揭穿謎底啊。就姑且誇誇你的思路吧。」

葛羅烏利冷笑道：

「告訴你一件好事，這化身獸的成長是沒有極限的。」

『這星靈雖然醜陋，但穿透物體的特性是不是反倒成了弱點？』

格鬥高手蹬地一跳。

他伸手搭住身後的牆壁，以蹬牆的要領向上衝去。在化身獸襲擊過來的同時，無名一鼓作氣跳過野獸的頭頂上方，揚起了右手。

他的手裡握著陶瓷短刀。

無名全力投擲的速度，甚至與手槍的子彈不相上下。首次出手之所以瞄準肩膀，是為了試探對手的本事；而他這回所瞄準的部位，則是老者的胸口。

化身獸不會受到物理方面的干涉，換句話說，短刀也會穿透過去，無法為葛羅烏利提供任何保護。

『和這頭化身獸一同消滅吧，魔人。』

「花開之季亦是雨季——好事往往需要多磨啊，小鬼頭。」

老者輪椅底下的另一頭化身獸伸出手臂，宛如人類的手臂般纏住了無名擲出的刀刃。短刀停住了。

『……什麼！』

「化身獸不會受到你的物理攻擊干涉，但我這邊則可以單方面地進行干涉。小鬼頭，你懂這是什麼意思嗎？」

帝國的使徒聖躍至地面。

『聽你叫囂得如此得意，不會是想主張這玩意兒是無敵的存在吧？』

「『就是這麼一回事』。」

沒有能摧毀化身獸的手段。

而化身獸不僅能源源不絕地發起攻勢，還能利用物理無法干涉的特性，成為保護老者的究極之盾。

——這就是「罪」之星靈。

葛羅烏利所擁有的星靈屬於反擊型，一旦滿足了罪孽的發動條件，就能發揮出蠻不講理的壓倒性實力。

『簡單來說就是這麼回事嗎？敵人的攻擊絕對傷不到你和化身獸，而你卻可以單方面地向敵人發起攻擊。』

「沒錯。」

『真是不合理的能力，總覺得其中必有破綻啊。』

「這沒有絲毫破綻，因此稱之為無敵啊。無論是帝國軍方的轟炸、毒氣還是導彈，都無法擊敗老夫。能像這樣活過七十個年頭，就是鐵錚錚的證據。」

『…………』

「當家的頭銜可不是擺好看的喔？」

統率月亮（佐亞）的當家葛羅烏利。

帝國軍過去所發起的各種砲擊，都沒能擊敗這名老者。佐亞家的假面卿和琪辛會如此仰慕他，正是因為如此。

「只可惜老夫的腿瘸了，不然帝都早在五十年前就灰飛煙滅啦。」

『——後生可畏也，焉之來者不如今也。』

帝國人吟詠道。

聽到這出乎意料的回應——

「……什麼？」

輪椅上的老者疑惑地瞇細雙眼。

那是流傳已久的歇後語之一。

——過去的偉人憑什麼認為現代的年輕人不如自己？

就算在過去締造了再高的功績，也肯定會被未來所超越。這句話無疑是在諷刺以「打了七十年的仗」一事自豪的老者（葛羅烏利）。

與此同時，也是在回敬老者先前說過的「花開之季亦是雨季」吧。

『拿腿瘸了當理由？以虛構的前提誇大自己過去的功績，這正是老化的徵兆啊，魔人。』

自己的左臂受到了化身獸的詛咒——

使徒聖第八席垂著動彈不得的左手臂，再次蹬地衝出。

他以留下殘像的高速朝旁一跳，驚險地躲過化身獸從身後無聲無息接近的一擊。

『我就承認你這傢伙的星靈不同凡響吧。然而——』

雖然嘴上調侃現任女王「拔去了利牙」。

但這名魔人也被自己的衰老侷限住了。

『即便星靈的強度不隨著年齡而有所衰減，但至關重要的使用者若是垂垂老矣，豈不等於自取滅亡？』

「哈！」

葛羅烏利爆笑出聲。

儘管布滿老人斑的臉孔都皺成了一團，他仍然止不住笑意地吊起嘴角。

「還以為你只是個普通的刺客，看來是老夫看走眼了。老夫很久沒見過『嘴上功夫』如此過人的對手了。小鬼頭，報上名來。」

『我沒打算向怪物報上自己的名字——這我先前應該已經說過了吧？』

「會讓老夫詢問第二次的狀況可不多見，勸你好好把握這個機會。」

『你連耳朵都不靈光了？』

「耍嘴皮子。」

老者嘴上如此回應，但絲毫沒有要掩飾話中喜悅的樣子。

「不過單憑一時之勇，可是翻覆不了生死關頭的啊。」

在無名的背後，化身獸的身影仍持續膨脹著。

罪之星靈有著無限成長的特性。原本高度只到人類腰間的犬型生物，如今不僅長出了三顆頭顱，軀體也變得極為巨大，就連高挑的使徒聖都得抬頭仰望。

『簡直就像是地獄看門犬（克爾柏洛斯）一樣，這到底能長得多大啊？』

「直到你死為止。至於最高紀錄嘛……老夫想想，似乎比這座月之塔還要更大一些哪。」

成長到能一腳踏扁無名的地獄看門犬不僅動作極快，還不會釋放出氣息，再加上身為星靈能源集合體的特性，讓牠能在行動時悄然無聲。

然而——

「唔……！」

葛羅烏利當家懷疑起自己的眼睛。

無名遲遲沒有落入他的手中。能無窮無盡地成長、持續追蹤對手的化身獸，居然追不上區區一名人類的速度。

——使徒聖。

就像帝國軍將葛羅烏利當家視為威脅一般，這個名為無名的男子，同樣也是所有星靈使的頭號大敵。

『只要把你宰了，我的那個什麼罪孽也會跟著消失對吧？』

無名逼近老者，握拳蓄勁。

這時，老者腳下的地板宛如橡膠球般彈了起來。

『增殖了嗎？』

「成長的不只是化身獸而已，就連你的罪孽也會無限地增殖下去。」

輪椅的車輪底下鑽出新的化身獸，其外型如同獅子一般，體型也比地獄看門犬更為巨大。

無名的眼前矗立著獅子，而身後則有地獄看門犬。

「無法澈底躲過」。

只要身體有一小部分遭到觸碰，受「詛咒」的部位就會遭到腐蝕。要是頭部被摸到的話，自己就等於敗北——在察覺到這一點後，使徒聖迅速地作出判斷。

他宛如一顆陀螺般，迅速地迴轉身子。

在反作用力的帶動下，已經動彈不得的左臂被強行拉起，甩向張開利牙的獅子嘴部。

『這就送你吧。』

他讓化身獸咬住自己的左臂。

無名這一招不僅封住了化身獸的嘴部，還在詛咒蔓延全身上下之前——一聲不響地斬斷了自己的整條左手臂。

「……居然把手臂扔了！」

『這原本就是義手。』

這是在與某一名星靈使決鬥時失去的手臂——

每個帝國士兵都是賭上性命作戰的。無論是哪個使徒聖，都有過在鬼門關走過一遭的經歷。

而這也是挑戰純血種所必須付出的代價。

——而此時此刻。

無名雖然卸下了自己的左義手，卻換得了逼近葛羅烏利當家喉嚨的大好機會。

「唔！」

使徒聖的拳頭刺向葛羅烏利的喉嚨。

然而一頭化身獸出掌抓住他的拳頭。擁有人類外型的巨人如死者般，從輪椅底下爬出來。

『……什麼？』

「二度犯罪的罪孽可是很深重的。現在的你，已成了傷害老夫的再犯之人，而『再犯』的罪孽遠遠重於初犯。」

七大罪。

先制、再犯、兵器、寡兵、破壞、虛偽與背叛——

無名所犯下的，乃是前兩大罪。鐵棒刺中葛羅烏利的行為即是「先制」，而這一回的攻擊則是滿足了「再犯」的條件。

也因此，罪之星靈在這一瞬間得以爆發性地增長。

「被罪孽吞噬吧。」

五具之多的巨人瞄準無名伸出手臂。

同時，地獄看門犬和獅子也飛撲而至。至於使徒聖則是失去左臂，右拳也被詛咒侵蝕而動彈不得。

『嘖！』

就在被巨大的化身獸們踩扁的前一瞬間。

帝國引以為傲的頂尖戰鬥員焦躁地咂嘴一聲，同時大大地抬起右腳。他筆直地對準地板，重重地砸下腳跟。

「真是愚蠢，化身獸豈有畏縮的道理——」

『會畏縮的。』

無名的腳跟瞄準的，乃是自己掉落在地的左手臂。他親自踩碎了機械製的義手。

——閃光迸現。

安裝在義手裡頭的「最後王牌」炸裂開來，使得大廳被強光所吞沒。

「……這道光芒，難道是反星靈手榴彈！」

『雖然不會受到物理方面的干涉，但若對星靈本身進行干涉的話，就會奏效了吧？』

包圍無名的化身獸止住動作。

反星靈手榴彈——其效能為擾亂半徑三十公尺內的星靈波長。

但效力持續的時間僅有「兩秒」。

在這兩秒的時間裡，使徒聖以毫秒之差穿過化身獸的包圍網，朝著大廳底側衝去。

『我已見識過你的星靈，下次就會解決你。』

「你以為逃得了嗎？」

地獄看門狗發足狂奔，緊追在無名身後；而巨人化身獸也展開追蹤——牠們打碎了高塔的牆壁和天花板，追趕逃跑的使徒聖。

大廳裡只剩下葛羅烏利當家一人。

「…………」

在確認使徒聖從大廳裡消失之後。

「……老夫原沒打算輕忽大意，但那帝國兵可真會耍小聰明。」

老人口吐鮮血，從輪椅上滾落下來。

擊中他胸口的拳頭打碎了肋骨。老者雖然猛喘著氣，仍用盡全力攀扶住輪椅。

「不會讓你逃掉的。就算要逃到這個皇廳的盡頭，老夫的化身獸也會緊追在後。」

然而——

佐亞家當家葛羅烏利尚不知情。

此時在涅比利斯王宮的中心處，正發生讓皇廳(國家)分崩離析的大事。

4

女王宮——

王宮矗立著星星、月亮和太陽三座高塔，而位於三座高塔中央的第四座高塔，則是專為涅比利斯女王打造的無敵要塞。

這是由星靈構成的「活生生的迷宮」。

首先，通道會依據月份和日期的不同，改變出口的位置。

其次，各樓層都由僅能以星靈能源驅動的電梯進行連結，就算帝國軍得以入侵其中，也啟動不了任何一座電梯。

因此可說是無從入侵。

這就是皇廳在這百年來對女王宮抱持的絕對信任。

而這一百年的信任，就在今天崩毀了。

女王謁見廳——

這裡原是以葡萄酒色的地毯點綴的靜謐大廳，但外頭的爆炸氣浪頻頻從窗戶竄入，在大廳裡肆虐狂吹，將寧靜二字拋到了九霄雲外。

讓人生寒的冰冷夜風，混雜了灼燒肌膚的點點火星。

在這陣混沌的空氣中——

「涅比利斯女王啊。」

帝國軍派來的刺客所發出的宣告，迴蕩在女王謁見廳中。

不過──

將天帝的護衛以「刺客」兩字作為代稱，或許有些不夠般配。

「我沒打算在這裡耗掉太多時間，畢竟再過沒幾分鐘，王宮守護星們應該就會趕來救駕，所以我才會這麼說。」

使徒聖第一席，「瞬」之騎士約海姆。

他身穿盔甲和披風合為一體的專屬戰鬥服，是個留著紅髮的壯碩男子。男子在這時向前踏出一步。

僅僅只是一步。

幾乎就在女王涅比利斯八世認知到這個行動的同一時間，女王的瀏海被劇烈地吹拂起來。

是風壓嗎？明明只是往前踏出一步而已？

「立刻沉眠於此吧。」

男子揮下了刀身細窄的長劍。

瞬間傳送──看到劍士施展出讓人產生這般錯覺的步法逼近，女王睜大眼睛吼道：

「墜落吧！」

空氣形成了砲彈。

預先匯聚於大廳天花板的巨大空氣團塊，在魔女一聲令下，化為足以貫穿地板形成大洞的砲彈墜落。

與此同時，砲彈掀起的強勁下沉氣流，也成了守護女王的無形屏障。

——女王移動到階梯二樓的踏腳平臺。

——使徒聖約海姆則是被推回女王謁見廳的大廳入口。

狂吹的強風朝著走道疏散而去。

「『寂靜之風』的米拉啊。明明渾名如此，但星靈術倒是相當粗暴。」

「你說的是幾十年前的事了？」

她從踏腳平臺俯視著帝國劍士。

女王米拉蓓爾．露．涅比利斯八世舉起手，梳理被吹得紊亂的瀏海。她險些下意識地按住自己的胸口，但仍以理性加以克制。

心臟跳得極為厲害。

至於原因相當明瞭——使徒聖僅僅一個踏步就衝入懷裡的衝擊，澈底點燃她的戰意。

「米拉蓓爾．露．涅比利斯八世——寄宿著風之星靈分支『大氣』的星靈使。妳操控的並不是風，而是規模更加龐大的空氣。」

帝國劍士約海姆像是在朗讀報告書般，以不帶感情的口吻說道：

「十一歲時首次踏上戰場，在這之後的十年間，妳出戰的次數居於全純血種之冠，並打下了帝國領土的百分之三。雖然身為魔女，但也精通武術和暗殺技巧，堪稱是皇廳的第一高手，也被視為史上最強的女王候選人。」

「…………」

「『但妳已變得不如以往了』。」

這並不是在挑釁。

語氣平淡的使徒聖第一席，只是在宣讀通知罷了。

「妳強大的實力，是以無情的戰鬥人偶之姿於戰場上打磨出來的。在當上女王之後，若成天只是對國民展露笑容，或是參加冗長得讓人想睡的會議，就算是鋼鐵也會生出鏽斑。」

「你明明是帝國人，卻把幻想的內容說得像是親眼目睹過似的。」

「我確實親眼目睹了。」

男子緩緩架起細窄的長劍。

「是這座城堡的人讓我知道的。」

「這樣啊。」

對米拉蓓爾女王來說，這樣的事實已是無關緊要的小事。

皇廳有背叛者。

而且她幾乎能夠篤定，背叛者是與自己相處甚密之人。她的內心甚至已經推導出嫌疑人是「哪一個女兒」了。

「這只是在作取捨罷了。」

在只有兩人的大廳裡，米拉蓓爾女王的聲音宏亮地傳了開來。

「我個人的力量衰弱退步，只不過是小事一件。只要能以女王的身分守護皇廳，那就稱得上是正確的選擇吧？」

她看向帝國劍士的身後，被砍成方塊狀的大門殘骸。

……護衛還沒來嗎？

……都弄出這麼大的聲響了，近處的警備隊應當最先察覺到才是。

此地──女王宮的防衛系統大致可分為兩類。

一是專司守護女王等重要人物的「王宮守護星」，以及負責狩獵入侵者的游擊部隊「支配星」，而這些成員全都是實力高超的星靈使。

如今卻一名成員都沒有現身，這顯然已經超越了困惑的程度，實屬異常狀態。

……難道說，待在謁見廳前的護衛們全都被這名劍士擊敗了？

……還是說，其他使徒聖也入侵女王宮，而他們正與之交戰？

女王觀察著敵方的一舉一動。

浮上她心頭的並非任何一名護衛，而是次女愛麗絲莉潔的面容。

雖然年僅十七，但就戰力來說，她無疑是露家的殺手鐧。算算時間，她現在應該已經抵達王宮了才是。

「妳在等冰禍魔女馳援嗎？」

「唔！」

心思被他看穿了。

震撼和焦慮的情緒，讓女王的思考停了一拍。

——約海姆的身影一晃。

能用一個蹬地的動作搖撼女王謁見廳的劍士，以目不暇給的流利動作劈開眼前的虛空。

「居然破解了我的術式！」

炸彈氣旋——

這原本是一種氣象用語，用以形容急遽增強的低氣壓；但女王米拉蓓爾的星靈術卻是名副其實，讓空氣變成了無形的機器水雷。

接觸到炸彈氣旋的獵物，就會被捲進颱風等級的漩渦之中。

她若是拿出真本事，就連帝國軍方的戰車都會直接癱瘓。而這名劍士居然一感受到氣流增生的預兆，就用劍斬斷了大氣？

不可能。

就算這名劍士確實擁有爐火純青的實力，若不能事先知悉女王星靈術的箇中精妙，就絕對作不出這樣的反應。

「果然有人通敵……！」

「資訊戰可是很重要的。我可從不認為能以正攻法解決女王妳啊。」

「『是伊莉蒂雅對吧』。」

劍士沒有開口。

他只是筆直地揮落長劍。即使被米拉蓓爾女王的風之結界四下吹襲，使徒聖的長劍仍劈裂了疾風向前挺進。

一道冰冷的感覺竄過全身。

在臉頰觸碰到堅硬物體的瞬間，米拉蓓爾的臉頰隨即噴灑出紅色的血沫。

「好痛！」

這一劍砍得有多深？

是只砍到皮膚表面？還是切到了肌肉？女王無暇確認自己的傷勢，僅能全力向後飛退。

好快。不對，這名劍士的舉止已經不是能用快來形容的了。

銳利得難以置信。

若只是單純的快，是不可能破解米拉蓓爾展開的風之結界。他兼具高超的速度和力量，並昇華成更高次元的機動能力。

「納命來。」

「──────你是不是太小看我了？」

兩人同時停下動作。

涅比利斯八世並未施展星靈術。

然而，使徒聖約海姆雖然已經逼近到女王眼前，仍在踏腳平臺上踩了煞車。

──女王的眼神變了。

次女愛麗絲或是三女希絲蓓爾在場，肯定會懷疑自己的眼睛吧。

那對眸子宛如機械，欠缺了生機。那是不曾在女兒們面前展露的──純血種米拉蓓爾‧露‧涅比利斯八世所獨有的眼神。

「……真沒辦法。不管是護衛還是愛麗絲，看來暫時都不會來了。」

褪去衣物的唰唰聲響起。

女王王袍的外套擁有優異的防彈和防刃能力，她卻親自脫下了厚實的盔甲，留下一身輕便的行頭。

「我實在很不想親手摧毀女王謁見廳呢。」

嘰——

米拉蓓爾．露．涅比利斯八世的周遭傳來詭異的聲響。那是大氣星靈躁動時所產生的空氣斷層現象。

受到壓抑的星靈，如今即將解放。

「這一切即將落幕。」

「…………」

使徒聖第一席不發一語地接下女王的宣告。

而這名男子流洩出的低喃則是——

「妳終究還是不明白我的『身分』啊。」

僅此一言。

混雜著失望至極與哀憐的嘆息。

Chapter.3 「狩獵魔女之夜　終章」

1

露家的別墅——

如今充斥著槍響，並從碎裂的窗戶中竄出火花。

其劇烈的交戰聲響已然傳至腹地之外，足以吸引恐懼著帝國軍侵攻的居民們注意。

嘈雜聲四起。

如今就連警務隊都抵達露．艾爾茲宮腹地的外圍。

「是帝國軍的襲擊！居然連這裡也被攻擊了？」

「剛才有槍聲……難道女王大人的別墅被盯上了？」

目擊資訊逐漸增加。

身穿帝國軍服的人們行經街道，朝著露．艾爾茲宮發起突擊。

「——這座古堡的外圍，已經呈現大局底定的狀態了。」

露．艾爾茲宮的一樓大廳——

休朵拉家當家塔里斯曼在滿是粉塵的地板上邁步。

「由於這裡是露家的別墅，住在附近的居民也大都擁戴露家。他們肯定已經目擊了來龍去脈——也就是看似帝國軍人的武裝分子衝進古堡的那一幕。」

「目擊？是你表演給他們看的吧？」

伊思卡瞪向塔里斯曼那對柔和的眼神。

——男子是披著紳士外皮的修羅。

這名主導軍事政變的男子，擅長在向敵人（伊思卡）攀談的同時分散對方的注意力。

現在也一樣。

「是不是表演都無所謂了。重要的是，居民們已經對『女王的別墅遭到帝國軍侵攻』一事深信不疑。畢竟這的確是事實啊。」

他將手伸向西裝的胸口。

休朵拉家當家取出一臺小型的通訊機。那是伊思卡也相當熟悉的帝國製通訊機。

「等到天亮之後，這個國家的子民們肯定會怒不可遏吧。他們會將怒火投向帝國軍，以及放任帝國入侵的現任女王政權。」

「…………」

「喔，你很在意這臺通訊機嗎？這只是帝國通訊機的仿造品，我在踏進宅邸之前，曾拿來和可愛的部下說了些話，但現在已經用不著了。」

他將通訊機往腳下一拋。

就連這看似隨性的舉動，都是經過精心計算的。露家的宅邸若是留有帝國軍的通訊機，想必能作為遭到帝國襲擊的物證。

「好啦，我也該告退了。」

「……你說什麼？」

塔里斯曼拋出的話語，讓伊思卡眉頭一皺。

「那是什麼意思？希絲蓓爾還沒——」

「現在王宮可是處於被帝國軍襲擊的緊急狀況，要是統御王室的當家行蹤成謎的話，肯定會惹人懷疑吧？」

他整理著西裝的衣襟說道：

「你們啊，『打從一開始就被將死了喔』。」

偽裝成紳士的修羅肆無忌憚地說道：

「你以為我們花了多少年擬定這次的計畫?就連我親自出馬卻還無法擺平場面的可能性，也早已做過沙盤推演了。不過，這次的行動確實得深思熟慮，畢竟根據狀況的不同，留在這裡的可能不是你，而是小愛麗絲呢。」

「…………」

「使徒聖伊思卡，你們四人做得相當漂亮。你們試圖守護小希絲蓓爾的那份決心，連我都想低頭致意了喔。然而，我們的目的已經達成了。」

伊思卡沒有回應。

……那是什麼意思?

……難道希絲蓓爾已經被抓走了?不對，這也是他虛張聲勢的一環?

現在的他沒有作出判斷的材料。

因此——

「你以為我會放跑你嗎?」

他將黑鋼星劍的劍尖對準塔里斯曼的喉嚨。

「都傳出那麼劇烈的槍響和爆炸聲了，察覺有異的警務隊很有可能會闖進宅邸中。要是他們撞見你，你覺得他們會有什麼想法?」

「會以為我就是這場襲擊的主謀吧。」

「你之所以想逃，其實是基於這方面的理由吧？你打算在被古堡周遭的居民瞧見之前躲得遠遠的。」

所以不能讓他逃走。休朵拉家的當家人在這裡——只要能證明這件事，太陽的陰謀就會輕而易舉地遭到瓦解。

「這可難說了吧？」

喀答喀答。

喀喀……

塔里斯曼腳下的瓦礫在這時動了起來。

不只如此。諸如超過一百公斤重、散落在牆邊的大型瓦礫，以及吊燈的碎片等物體都像是在地板上滑行般，同時動了起來。

「怎麼回事？」

「夠敏銳。你會有這種反應，是已經察覺到『這並非我的波動』，才會提高警覺吧？沒錯，這確實不是我的星靈術所為。」

波動星靈術的主要特徵，乃是「壓碎」和「轟飛」等威力強大的破壞行為。

而波動並不具備將瓦礫吸走的能力。

塔里斯曼的背後——總重量高達數百公斤的瓦礫正拖著地板前行，穿過毀損的門扉，朝著屋外的前庭集合而去。

……這現象是怎麼回事？

……我不是第一次看到。總覺得在哪裡看過相似的光景。

不能將心神分去思考。

要是因此分心，就會降低對塔里斯曼本人的警戒。

「我剛才說過，我用了通訊機和部下聊了點事情對吧？看來似乎還得補充點說明呢。」

休朵拉家當家一腳踩碎地板上的通訊機。

他看似愉快地揚聲說道：

「那是不久前的事。有個犯下叛國罪被關押起來的『魔女』從涅比利斯王宮的監牢裡逃了出來。我通話的對象就是她呢。」

「魔女？」

這個詞彙同時具備兩種意義。

在帝國，魔女一詞是對於星靈使的歧視用語；但若是由星靈使說出「魔女」或是「魔人」一詞，那代表的意義就是「重刑犯」。

「那位少女是你也認識的人。差不多該明白了吧？」

「……你說什麼？」

「她雖然一度敗在你手下，但若是以為用於異端審問的隔離房就能關住她的話，那可就大錯特錯了。倘若是要趁著王宮陷入混亂逃獄，那更是易如反掌。畢竟她已經不是人類，而是『真正的魔女』啊。」

喀答……喀答喀答。

在塔里斯曼侃侃而談的這段期間，多不勝數的巨大瓦礫仍持續被吸往古堡外頭。

是引力嗎？不對，「那就像是受到了強烈的重力拉扯一般」。

魔女，以及重力。

若要從這兩個關鍵字作聯想的話——

「難道說！」

「再見啦，有著浪漫夢想的使徒聖。」

休朵拉家當家塔里斯曼將西裝一甩，迅速轉身離去。

他健步如飛，蹬地衝向門扉。

不妙。

伊思卡眼下最擔憂的，並不是讓元凶（休朵拉）逃出生天，而是這些持續遭到吸引的瓦礫。

因為他知道，有種星靈術是需要這麼作準備的。

「唔，等——」

「碧索沃茲，終結這一切吧。」

——極砲．「骸之魔彈」。

瓦礫的分量多達一整座大廳。

由數十噸重的質量加固形成的子彈，將伊思卡連同露．艾爾茲宮的一樓一舉轟飛。

＝

露．艾爾茲宮三樓——

由陣帶頭的第九〇七部隊，如今正遭到雪之巨人像追趕。而在他們衝上階梯抵達三樓後，映入眼裡的是被白雪覆蓋的冬季景色。

——白夜魔女葛琉蓋爾的星靈術。

古堡裡堆積著白雪。

雖說呈現的是一片如夢似幻的雪景，但這怎麼看都不像是「普通的雪」。

「……沒人埋伏？是把部下撤走了嗎？」

「陣哥！後面！巨人像很快就要追上來了！」

走在最後面的音音喊道。

踩著二樓階梯的巨人像，正隨著地鳴聲追上三樓。

「總之先往底側跑。」

「明、明白了！我明白了！所以別放開我的手！」

希絲蓓爾拚命地抓著陣的手。

就在打頭陣的陣和希絲蓓爾踏上積雪的瞬間——陣的腳掌傳來了一陣劇痛。

「好痛！音音、隊長，別動。不要去踩這些積雪！」

「發、發生了什麼事？」

「妳沒受傷嗎？」

「是呀。但這到底是——噫！」

希絲蓓爾看向陣被積雪包覆的腳，不禁拔尖嗓子喊道。

只見白雪正緩緩地染上一層血紅。

「『這片積雪會咬人』。要不是穿著附有鐵板的帝國軍靴，整隻腳八成都會被咬斷吧。」

他強忍著痛楚抽回腿。

只見吸附在靴子上頭的血色積雪，已然變化為玻璃碎片般的堅固結晶。

「這、這下豈不變得像是要在針山上行走了嗎！」

「這我當然知道。接下來是推理時間——為什麼只有我被積雪咬到，而妳卻沒受傷？」

「咦？我想想……」

希絲蓓爾凝視著眼前的雪景皺起眉頭。

「透過星靈術生成的物體，有些會對星靈能源的有無產生反應。王宮的門扉或是電梯就屬於——啊，我、我剛才說錯話了，請忘掉吧。」

「別管那種小事，繼續說。」

「所、所以說！這片積雪只會咬沒被星靈寄宿的人！」

「那就沒問題了。喂，隊長，該妳上場了。」

「……果然要人家出馬嗎！真是的，你指使隊長的方式太粗暴了啦！」

下定決心的米司蜜絲一馬當先，用力踢散地板上的積雪。

——只要讓魔女（米司蜜絲）打頭陣的話。

就能將陣和音音所不能觸碰的積雪踢散。

「幹得好，隊長，就繼續把礙事的雪踢掉吧。接下來……總之得先解決這傢伙啊。」

轟隆聲響搖撼著走道。

陣轉過身子，看向以趴伏姿勢爬上階梯的巨人像。

「真沒辦法，我原本打算晚點再用的。」

「不行呀，陣，子彈沒辦法對星靈術打造的巨人像——」

「燒了它吧。」

「咦？」

陣將某個物品扔了出去。

巨人像察覺到飛擲而來的瓶子，伸手將之打碎。就在這一瞬間，刺鼻的酒精味觸動了希絲蓓爾的嗅覺。

「那是酒嗎！」

「吃晚餐時有好幾瓶蒸餾酒放在餐桌上，所以我就拿走一瓶啦。」

酒精濃度高達百分之九十三。

酒這個分類已成虛飾。這些只須少許火花就能引發大火的液體，就和汽油一樣碰不得火。

「只能怪你是用雪做的人偶啊。」

陣將打火機扔向巨人像。

火苗點燃了蒸餾酒。雪之巨人轉瞬間就遭到紅色的烈焰所包圍，而著火處周遭的積雪也逐漸融化。

然而——

「……喂，這是在開玩笑吧？」

無暇沉浸在勝利之中的陣咂嘴一聲。

只見搖曳火光的後方──積雪正凝縮塑形，誕生出一個又一個雪之士兵。

這並非巨人像，而是人偶。

每一隻人偶的大小都與音音相仿。雖然比巨人像矮小，但行動更為靈敏的人偶們，同時往著火處跑過去。

「……是打算強闖火堆攻擊我們嗎？」

「阿陣！往這裡跑！最裡面的房間沒有人喔！」

抵達走道盡頭的米司蜜絲打開房門，對陣招了招手。

積雪上殘留著米司蜜絲的足跡──走廊雖然堆滿白雪，但只要沿著腳印奔跑，就能避免接觸積雪。

「音音，沿著隊長留下的足跡追上去，別碰那些雪。」

「我知道啦，陣哥。」

一行人踩著米司蜜絲的腳印在走廊上飛奔。

而在抵達位於走廊底側的房間後，陣對所有人使了個眼色。

「所有人進房！我要關門了！」

在衝進房裡後，陣隨即從內側將門鎖上。

他隨即靠在牆上屏住氣息。

「這、這樣真的有辦法躲過追蹤嗎……？」

「天曉得。反正現在也沒有能確實逃脫的手段啦。」

陣一臉嚴肅地回應猛喘著氣的希絲蓓爾。

他們確實被逼上了絕境。如果這裡是二樓，眾人還有跳窗逃生這個選擇；但對於未受過訓練的人來說，三樓的高度就有些危險了。

「逃跑的流程非常簡單。想辦法解決掉那個老婆婆回到二樓，然後想辦法躲過其他士兵，最後找間空房跳窗逃往庭院。」

「不確定因素會不會太多了！」

「噓！」

被音音從身後抓住肩膀的希絲蓓爾，整個人大力地抽搐了一下。

——唰！

無數腳步聲踩著積雪前行。

那腳步聲顯然是雪人偶闖越火堆所發出來的，而且數量超乎想像得多。它們像是訓練有素的軍人般，以殺氣騰騰的腳步逐漸逼近。

「……真是個窮追不捨的老婆婆，而且還變不少棋子出來啊。」

子彈對雪人偶起不了作用。

而且人偶是以星靈術作為動力，因此臂力遠遠凌駕於人類之上。要是被按倒在地的話，恐怕連陣也無法掙脫。

「哎呀，是躲在哪間房裡啦？」

老婦的嗤笑聲隔著門板傳了過來。

她就像是從童話故事裡走出來的魔女，沙啞的嗓音讓聽者無不背脊發涼。

「雪和土不一樣，即使成了巨人像，依然保有怕火的弱點，而這也是理所當然的。然而，若是來到沒有土壤的地方，土之星靈不就沒辦法發揮效用了嗎？這點反而是雪（老身）的星靈更勝一籌。畢竟無論身在何處，老身都能造出白雪呀。」

唰、唰、唰……

老婦帶領著雪人偶，緩緩地在積雪的走廊上前行。

「這裡已是雪的世界。然後……哎喲，敢在雪中拚命奔跑這點固然值得誇讚，『但你們逃跑時留下的足跡可是明擺在眼前哪』。」

「唔！」

「——別說話。」

看到希絲蓓爾險些喊出聲來，陣連忙使勁按住她的嘴。

腳印一路延伸到走廊的盡頭。

魔女葛琉蓋爾指著延伸到房門口的腳印，賊兮兮地瞇細雙眼——這樣的光景活靈活現地浮現在眾人的腦海之中。

「打算躲在房裡反鎖房門、想辦法擺脫追兵，然後尋找從三樓跳往前庭的方法嗎？哎，雖說你們確實只剩下這條路能走，但老身可不會給你們時間思考呢。這些人偶就是為此製作的。」

氣息在轉瞬間膨脹開來。

「動手，打破房門往裡面衝！」

雪之大軍衝撞起房門。

在數十隻人偶的衝撞下，門扉被撞成了碎片。而人偶們繼續瞄準空蕩蕩的房間，一股腦兒往裡頭湧進。

「找到帝國兵就直接壓死。只要留希絲蓓爾小姑娘的——小姑娘…………的……？」

沒人在。

人偶們闖進客廳和寢室，卻沒找到任何一個藏身在這裡的成員。

廁所和浴室也空無一人。

「怎麼可能？難道他們在這麼短的時間內就跳窗……」

「『老婆婆，我們在妳後面啊』。」

「……怎麼可能！」

聽到帝國兵的腳步聲從身後傳來，老婦不禁全身發顫。

為什麼？

帝國士兵理應藏身在走廊盡頭的房間裡，為何會出現在自己的身後？

面對無法理解的現實，魔女葛琉蓋爾甚至失去了回頭的能力。陣開口回應道：

「我們不是躲在最深處的那間房裡，而是倒數第三間。」

「你說什麼……」

「妳太小看帝國軍的隊長了。我們的隊長雖然懶散又靠不住，但絕不是個傻瓜。」

米司蜜絲剛才曾這麼喊道：

「阿陣！往這裡跑！最裡面的房間沒有人喔！」

表露出打算藏身在最底側房間的意圖。

隊長（米司蜜絲）是刻意喊給魔女（葛琉蓋爾）聽，藉此誤導她的思緒。

「可、可是腳印還留在地上哪！」

「這是名為反向追蹤的技巧。我們讓腳印延伸到最裡面的房間，『再踩著腳印後退，前往後方的房間』。」

「這怎麼可能！」

那是存在於自然界的逃脫技巧。

雪兔為了躲避獵食者的追捕，會依照本能使出這樣的技巧。弱者賴以求生的智慧，在這時勝過了魔女的追蹤。

「老婆婆，妳太小看帝國士兵啦。」

「——區區帝國人也敢對老身說教！」

「睡吧。」

陣以手槍的槍口重擊葛琉蓋爾的後腦勺。魔女在來不及發動星靈術的狀況下喪失意識，倒在雪色的地毯上頭。

「……我、我們這下得救了嗎？」

希絲蓓爾從前一間房探出頭來。

在低頭確認過老婦昏厥的模樣後，她安心地吐了口氣。

「不、不對，現在不是放心的時候！之所以看不見其他刺客，大概是為了避免被葛琉蓋爾的星靈術波及，而先行進行了疏散。得趁他們還在躲藏的時候往外逃……但將葛琉蓋爾扔在這裡也教人掛心。」

「不，我們不用管這位老婆婆。」

米司蜜絲俯視著倒地的老婦，在第一時間搖搖頭回應：

「咱們的首要之務是逃出宅邸。雖然很想拿她當作人質，但就現在的狀況來說，咱們實在沒有多餘的人力能揹著這位老婆婆跑呢。」

「我、我明白了。那我們就回二樓去吧。若是能進到傭人房，說不定就能跳窗逃生！」

希絲蓓爾伸手指向階梯。

就在這一剎那。

——極砲．「骸之魔彈」。

魔女的嘲笑聲從某處嘹亮地響起。在所有人都不明所以的狀況下——

古堡的一樓被澈底轟飛了。

無論是希絲蓓爾還是第九〇七部隊的三名成員——

就連襲擊別墅的休朵拉家士兵，也全都在這陣衝擊中喪失意識。

過了兩秒？

還是已經過了超過十秒？

無法掌握時間的流逝。

由於一樓被澈底摧毀，古堡因而斜斜地垮了下來——在朦朧的意識中，米司蜜絲率先睜開眼睛，但映入她眼簾的，卻是一整片的黑暗。

「…………咦？」

回過神來，才發現自己（米司蜜絲）橫躺在地。

走廊歪成一道斜坡。

古堡的電器線路似乎遭到破壞，天花板的燈泡全都熄滅了。

藉由窗外映照的月光，米司蜜絲看見砸落一地的頂板；而原本掛在牆上的肖像畫和花瓶，則是滾落在走廊各處。

「怎……怎麼了……發生了什麼事……？」

她戰戰兢兢地從歪歪斜斜的走廊上起身。

「阿、阿陣？音音小妹？你們在哪？」

窸窸窣窣——有人似乎動了一下。

只見銀髮狙擊手陣按著側腹緩緩走近。緊接著，跌倒時似乎咬破嘴唇的音音也跟著從黑暗之中現身。

「喂，隊長，我是說過要下到二樓，但可沒叫妳把一樓轟掉啊。」

「又不是人家做的！」

「這我當然知道。八成是那些傢伙（休朵拉）幹的好事……這是怎麼搞的？剛剛那些武裝士兵的火力根本不能與之相比，他們是打算拆掉這座城堡嗎？」

陣在昏暗的走廊上來回張望。

然後低聲開口說道：

「那丫頭在哪裡？」

「咦？啊，也、也對……希絲蓓爾小姐呢？」

找不到人。

雖然身為魔女，但她是在場最為瘦弱的少女，有可能沒撐過剛才的衝擊，被拋到了遠處。

「找～到囉。」

魔女的嬌笑聲迴蕩在沒有燈光的走道上。

半空中迸出了紫羅蘭色的火焰。

宛如鬼火般搖曳生光的星靈之光，映照出窗邊的一頭怪物。

「找到希絲蓓爾小妹囉～奇怪，怎麼沒在動呢？啊，原來只是暈過去了。人家還以為自己做得太過火了呢，這下就放心啦。」

怪物將失去意識的少女扛上肩頭。

——紫羅蘭色的魔女碧索沃茲。

不會認錯人的。

少女的紅髮宛如深紅色的紅寶石凝固成金屬狀，全身的肌膚也透明得宛如水母一般，能穿透她的身子窺看夜空。

理應在經歷死鬥後敗在伊思卡手底下的怪物，為何會出現在這裡？

「怎、怎麼會……！」

「嗯？哦，原來帝國人都還活著啊？這表示葛琉蓋爾婆婆搞砸了呢。哎，反正這樣也不會有什麼影響啦。」

扛著希絲蓓爾的魔女（碧索沃茲）轉過身子。

她說話的口吻就像是現在才首次察覺到第九〇七部隊的存在似的。

「你們真的以為有辦法將人家監禁起來嗎？不行、不行，能夠封印星靈的手銬，對人家來說只是普通的鐵片。若想封印人家，起碼得用上『星之民』打造的高純度製品才行呢。」

「惡夢重現」。

就連眾人拚了命迎戰的白夜魔女葛琉蓋爾，在這名「真正的魔女」面前也顯得相形失色。

因為她正是貨真價實的非人怪物。

「好啦，既然都抓到希絲蓓爾小妹了，這下該怎麼處置你們呢？要不要連同整座宅邸一併燒掉呢？」

「唔！想動手的話就放馬過來！快把希絲蓓爾小姐還給我們！」

「——想是這樣想啦，但人家現在的心情超級好的，畢竟剛剛還順利地完成復仇了呢。和你們交手也只是在浪費時間，不如就別管你們了吧？」

「……妳說……復仇？」

陣此時出聲回應。

「該不會——」

「是叫做前使徒聖伊思卡嗎？人家剛才連同這座宅邸的一樓一起轟飛他了呢。」

魔女倒豎拇指，朝著地板一比。

「三樓(這裡)的地板也開始傾斜了，不曉得還能再撐幾分鐘呢。」

「妳說謊！」

音音顫著肩膀大吼。

「伊思卡哥他——」

「希絲蓓爾大人！」

音音那近乎咆哮的尖叫聲，迴蕩在昏暗的走廊上。

與此同時，好幾道腳步聲傳了過來。

聞聲而至的，是原本躲在宅邸深處的三名少女。她們都僅穿著隨從的服飾，看不出有刻意武裝的樣子。

「哦，是這座宅邸的隨從啊？」

「——噫！」

被非人怪物對上眼的三名隨從發出了慘叫。

然而，恐懼只在她們心裡停留了一個瞬間。在看到被碧索沃茲扛在肩膀上的希絲蓓爾後，少女們紛紛露出憤怒的眼神，然後咬緊牙關。

「希絲蓓爾大人！」

「大膽惡徒，那位大人是我等皇廳的至寶，快點交還過來！」

「這可真是不巧。」

魔女冷笑道：

「妳們的主子不會回來了。等下輩子吧。」

「——住口！」

氣急敗壞的一名少女，取出護身用的匕首。

「妳這個怪物，快放開希絲蓓爾大人！」

「白癡！快住手！」

陣的制止晚了一步。

在露家別墅工作的隨從們，身上寄宿的全都是不適合戰鬥的星靈。她們沒有能和魔女（碧索沃茲）抗衡的本事。

只憑一把護身用的匕首上陣，實在過於魯莽——

「好痛、好痛——開玩笑的啦。」

匕首的刀尖刺進了魔女的側腹。

然而，被刀刃刺中的半透明肉體卻只是被開出了一個小小的孔洞，而且連一滴血都沒流。

「這種玩具怎麼可能打得贏人家嘛。」

「怪物！」

「對於太過好動的孩子，就得用粗暴一點的手段懲罰喔？就像這樣——」

「唔……嘎！」

側腹插著一把匕首的魔女，就這麼掐住少女的脖子。她緩緩拎起少女的身子，筆直地打量著少女的臉孔。

「長得真可愛呢。不愧是在露家工作的隨從，連長相都是精挑細選過的。想必妳從出生起，就一直因此受惠吧？」

「啊……唔！」

「人家就幫妳留下永遠無法復原的燒傷吧？妳這輩子都別想照鏡子了。」

「唔！住……住手……」

「不～行，人家才不會原諒——」

「『碧索沃茲』。」

魔女的笑容僵住了。

她甚至忘了掐在手裡的隨從，在回頭張望後，便看見蓬頭垢面的黑髮少年站在不遠處。

雖然少年全身上下都布滿黑煤，但就只有額頭和臉頰受了點輕傷。

「你！」

「……妳可真有一手啊。託妳的福，我『這次』也差點喪命了。」

伊思卡擁有一對星劍。

其中的白色星劍，能僅僅一次地解放被黑之星劍所封印的星靈術。

若非休朵拉家當家塔里斯曼的「波動」威力超類絕倫，他肯定會連同宅邸一樓，一起被骸之魔彈轟飛出去。

——那是他見過一次的星靈術。

這樣的經驗讓他多了百分之數秒的時間反應，並得以逃過死劫。

「你這小子，也未免太不像人類了吧！」

魔女碧索沃茲的判斷相當迅速。

一度與伊思卡交過手的她，深知與這名帝國劍士正面交戰相當危險。

「放開希絲蓓爾！」

「你晚來了七秒呢，勇敢的騎士先生。」

魔女碧索沃茲舉起隨從少女，朝伊思卡扔了過去——但力道之強早已超越了拋擲的範疇，完全把少女當成人肉砲彈發射出去。

「唔！」

「啊哈哈哈！雖然沒能解決掉你實屬可惜，但一切都結束囉。」

伊思卡托住少女。

而扛著希絲蓓爾的魔女則是趁著這幾秒鐘的空檔，往窗外飛了出去。

操控重力的魔女讓自己浮上半空。

如今就連伊思卡也追不上。

「『這座宅邸被帝國兵摧毀了』——有好幾百位居民都目擊到這幅光景呢。身為帝國人的你們已經無路可逃了。」

「碧索沃茲！」

「再見啦，使徒聖。你要是能在古堡坍塌時一同陪葬，那人家可是會很開心的。」

劈啪——天花板扭曲變形。

由於地基已經毀於骸之魔彈的轟炸，這座宅邸恐怕已經處於傾圮邊緣。

「希絲蓓爾大人！」

「別去。」

伊思卡強行抓住隨從的手臂，不讓她衝往窗邊。

「已經追不上了，先保住自己的性命吧。」

「放開我……帝國人！你到底懂些什麼！那位大人可是露家的至寶！要是保護不了希絲蓓爾大人，我們還有什麼臉擔任隨從！」

「我們會去救她。」

「——咦？」

隨從少女睜大雙眼愣了愣。

這個帝國人究竟在胡說些什麼？在身後待命的兩名隨從，也為這句突如其來的話語感到不知所措。

「我們會去救希絲蓓爾，而且是即刻動身。所以妳們就趕緊離開這座宅邸，找個安全的地方藏身吧。」

「……你在……說什麼鬼話……」

被伊思卡抓住手臂的少女雖然企圖甩開他的手，但伊思卡並沒有加以制止。

「你們還能做些什麼！明明希絲蓓爾大人就在你們面前遭到綁架，你們卻束手無策！這要我們怎麼相信！」

「被抓成人質的是妳吧？」

「唔！」

陣所告知的殘酷現實，讓少女整個人僵在原地。

「為什麼伊思卡要在那一瞬間呼喊魔女（那東西）的名字，吸引她的注意力？因為他要是不這麼做，妳的臉就會被那頭怪物燒得稀巴爛，這輩子都別想好好過日子了。」

「…………那、那是因為……」

「要是沒有人質（妳）在場，能搶回希絲蓓爾的機率大概是一半一半。但妳一時衝動所做出的行為，讓這百分之五十的機率硬生生歸零了。」

所以陣一開始試圖阻止她。

對她喊了句：「白癡！快住手！」

伊思卡正打算繞到魔女身後，別妨礙他行動——但在場的隨從都沒注意到這件事。

「我重申一次。我們會搶回希絲蓓爾，一言為定。」

原本刺在魔女碧索沃茲身上的匕首，如今掉落在地。

伊思卡撿起匕首，交付在眼前少女的掌心中。

「要是辦不到，就拿走我的命吧。就是要拿這把匕首將我大卸八塊，我也會坦然接受。」

「什麼！」

「雖然不能透露內情，但在護衛希絲蓓爾這件事上，我們也是作好賠上性命的覺悟踏進敵國（這裡）的。若想拯救她，我希望妳能在這個瞬間聽我的話去做。」

「…………」

「那邊的兩人也是。」

手持油燈的兩名少女在被伊思卡凝視後，這才抬起臉龐回過神來。

「其他隨從呢？如果還躲在別的地方，就快點把她們召集起來。這座城很快就要塌了。」

「那、那個，呃……」

「動作快！」

「——好、好的！」

兩名少女朝著底側走去。

尤米莉夏、艾雪、諾葉兒、西詩提爾和娜彌——在這座別墅工作的隨從共有五人。若要逃跑的話，就該帶上所有人一起跑。

……若不這麼做，我就沒臉去見她們了。

……不僅沒辦法和希絲蓓爾交代，也會對愛麗絲掛不住面子。

「妳如果願意暫且聽我們的指示行動，我就放手。」

「我……明白了……」

隨從尤米莉夏——成員中最為年長的她，以重獲自由的手握緊匕首，並輕輕收回了刀子。

她咬住頻頻發顫的嘴唇。

「如果這麼做能讓希絲蓓爾大人獲救，那我們願在今晚聽從各位的號令……」

2

涅比利斯王宮腹地——

陣陣槍聲撕裂夜晚的寧靜，而腹地各處都傳來了慘叫聲，宛如亡者的怨念般縈繞耳際。

……總覺得快要失去理智了。

……若是在戰場上的最前線也就罷了，居然連這座城堡都淪為人間煉獄。

「開什麼玩笑呀！」

愛麗絲甩著王袍的下襬，在腹地的廣場上疾奔。

士兵們傳來陣陣的哀鳴。

她無法辨認究竟是星靈部隊的慘叫，還是帝國士兵的吶喊。愛麗絲如今能做的，就是撲滅持續噴出火星的熊熊烈火。

「救火隊，燃料槽的火勢如何？」

「目、目前火勢還沒有止歇的跡象！就算想接近燃料槽，也會被潛藏在附近的帝國軍擊退，我們只能趁著狙擊的空檔出擊，盡力削弱火勢！」

「……看來他們沒打算進攻，而是將兵力挪去防守火勢了呢。」

對帝國軍來說，只要放任火勢蔓延就等於拿下戰果。

本小姐這就過去處理——

這句話雖然衝到了喉頭，但愛麗絲拚命地吞了回去。因為燐正將傷員送往地下避難室，以確保他們的安全。

……燐，妳怎麼去這麼久？這都已經過二十分鐘了呀。

……我們不是約好在這裡會合的嗎？

若只是稍稍被絆住的話也就算了，眼下最糟糕的狀況，莫過於燐受到了帝國軍的襲擊，陷入無法動彈的窘境。

該等嗎？還是該去找她？

明明只是十秒鐘，卻漫長得有如一分鐘。就在愛麗絲咬緊牙關佇立在地的時候，一隻土之巨人像以猛烈的速度衝了過來。

「愛麗絲大人！」

「燐！妳沒事真是太好了。傷員應該都平安無事吧！」

「小的花了些時間聯絡醫療班，現在所有人都移送至露家的地下避難室接受治療。」

燐從巨人像的身上跳下。

「休朵拉家也派出護衛和醫療小組過來支援。『聽說是塔里斯曼卿下達的指示』。」

「不愧是塔里斯曼卿，果然值得信任。」

「…………」

「燐，妳怎麼了？」

燐的表情相當苦澀。

「小的曾看過那個碧索沃茲襲擊希絲蓓爾大人的光景，所以有些難以贊同。」

「……嗯，本小姐也能明白妳的心情。」

休朵拉家的使者碧索沃茲襲擊了自己的妹妹。

而且還變成驚世駭俗的怪物——愛麗絲雖然沒有親眼目睹，但燐和希絲蓓爾都目擊到了。

碧索沃茲此次行凶與休朵拉家無關。

塔里斯曼當家如此宣稱，但真相依舊成謎。只要等擁有燈之星靈的希絲蓓爾回來，或許就能釐清一切真相。

「愛麗絲大人！屬下有急事相求！」

那是伊莉蒂雅的近衛兵。

此人理應堅守在姊姊的房間門口寸步不離，但這名武裝部隊的成員，此時在路燈的照耀下跑了過來。

「有刺客抵達了女王謁見廳！」

「……你說什麼！」

喉嚨幾乎要抽搐起來的愛麗絲，與燐對看了一眼。

「燐。」

「小、小的也沒聽說此事，只知道守軍順利將敵兵擋在女王宮之外——」

「是使徒聖！」

近衛兵語氣強硬地打斷了燐的話語。

「我們在離女王謁見廳稍遠之處，發現了倒臥在地的兩名護衛。兩人都身受重傷，目前正由醫療小組全力止血中。」

「使徒聖……」

愛麗絲在嘴裡再次咀嚼這個單詞。

率先閃過她腦海裡的，是伊思卡的身影；而全身上下都被光學迷彩覆蓋的刺客無名，也隨之浮上心頭。

「你是希望本小姐儘快前往女王身邊對吧？」

「是、是的！然而，屬下固然也掛念女王大人的平安，但更加擔憂第一公主（伊莉蒂雅）大人。」

「什麼意思？」

「……這、這是因為，她剛才衝出了星之塔，『朝著女王謁見廳直奔而去』。」

血色從愛麗絲的臉上褪去。

想必就連燐也在懷疑自己的耳朵吧。

「那是怎麼回事？『伊莉蒂雅姊姊大人完全不擅長戰鬥呀』！」

「她似乎過於擔心女王大人的安危，顯得有些坐立難安，最後更是甩開了近衛兵（我們）的制止，往女王宮跑了過去……」

太魯莽了。

愛麗絲也明白她擔心女王安危的心情，但在刺客入侵女王宮的狀態下，不成戰力的姊姊居然執意前去，這簡直是不要命了。

……要是她被挾為人質，只會讓形勢變得更為險峻。

……姊姊大人，您是怎麼了？您不是應該很明白箇中道理嗎！

無法理解。

這樣的行為豈不是只會徒增混亂嗎？

「愛麗絲大人，屬下懇求您去阻止第一公主大人。」

「近衛兵，你繼續返回星之塔進行防衛，本小姐會前往女王宮……燐。」

她踩著巨人像的手臂，跳上了肩部。

不出數秒的時間，土之巨人便站起身子，發出了宛如戰車般的地鳴聲發足狂奔。

「小的會以最快的速度趕路。若是開口說話恐怕會咬到舌頭，還請您留意。」

「本小姐求之不得呢。」

站在巨人像肩膀上的愛麗絲，朝著腹地深處眺望而去——

她仰望散發魔幻星靈光彩的女王宮握緊拳頭。

「姊姊大人，您為何要這麼做……！」

時間回溯到大約半小時前——

星之塔第一公主的起居室「鏡之室」。

寬敞的房間讓人聯想到高級飯店的貴賓室，而在房間的窗邊——

「愛麗絲，妳做得很好呢。」

伊莉蒂雅俯視著熊熊燃燒的草坪，陶醉地瞇細雙眼。

妹妹（愛麗絲）正為了撲滅這場火勢而東奔西走。

「要是火勢持續延燒，就會讓王宮外圍也遭到火災波及。為了避免民眾受害，她正拚命地努力著，這樣的風範實在是可圈可點呢。」

這不是在諷刺愛麗絲。

即便伊莉蒂雅期盼「魔女樂園」崩毀，也不代表她想讓無辜的民眾被無情地殺害。皇廳的崩潰和民眾的犧牲，對她來說完全是兩碼子的事。

「不過，太陽似乎就沒有這一層的顧慮呢。」

「嗯？」

「妳在第八州（黎世巴登）襲擊我妹妹（希絲蓓爾）時，好像在街上大鬧了一番呢。聽說妳弄垮了好幾棟高樓？」

「還不都怪有個護衛在場。如果要抱怨的話，就去找帝國的使徒聖伊思卡說上兩句吧？」

在伊莉蒂雅背對的客廳裡——

身穿囚衣的紅髮少女，正懶洋洋地頹坐在沙發上。她的手腕上還掛著被切成兩半的手銬。

「有空聊這個，還不如對人家說聲『辛苦妳越獄了』之類的慰勞之詞呢。」

「辛苦兩字似乎有些誇張呢。只要妳稍微拿出真本事，要突破那種寒酸的監禁設施，應該輕而易舉吧，碧索沃茲？」

伊莉蒂雅依舊看著窗外，然後輕輕一笑。

「我真羨慕妳的力量。有那樣的力量，就無所畏懼了呢。」

「……還真敢說呢。妳明明比人家更像個可怕的『怪物』。」

坐在沙發上的碧索沃茲嘆口氣。

「不僅有漂亮的臉蛋，還有妖嬈的身材。明明擁有連美之女神都不禁為之驚愕的外貌，妳卻有著古怪的嗜好呢。居然打算獻上自己的一切，加入怪物的陣營之中。」

「這可難說呢。」

「沒被星星選上的公主，為了向星星舉起叛旗而捨去公主的身分，成為真正的『魔女』。這就是所謂的悲劇嗎？」

「…………」

伊莉蒂雅沒有回應她的話語。

「話說回來，時間是不是差不多了？」

「啊，是是是。那麼，人家這就去把希絲蓓爾小妹抓回來囉。」

紅髮魔女站起身子。

她全身上下燃起紫羅蘭色的火焰，燒掉她穿在身上的囚衣。原為人類的少女，逐漸轉化為怪物的姿態。

惡星變異——

那非人的姿態曾讓過去的「星之民」感到恐懼，並用這樣的詞彙加以稱呼。

「就連葛琉蓋爾婆婆也出動了，人家實在不覺得有必要跑這一趟啊。」

「畢竟有使徒聖（伊思卡）在呀。既然是妳一度敗下陣來的對手，塔里斯曼卿自然會多加提防吧？」

「……妳真是哪壺不開提哪壺耶。這樣真的好嗎？要是惹毛了人家，妳妹妹（希絲蓓爾）可就——」

「碧索沃茲。」

第一公主依然沒有回過身子。

然而，光是這短短的一句話，就足以讓紫羅蘭色的魔女（碧索沃茲）微微發顫。

「要是敢對我妹妹下手，我就會立刻摧毀太陽喔。」

「……這是要背叛我等一族的意思？」

「我一開始就和塔里斯曼卿說好了。要我協助他的條件有三，而這就是其中之一。只要他能遵守約定，我們應該就能維持愉快的合作關係喔。」

「…………」

「妳該出發了。我這邊也有重要的工作得去辦呢。」

「哈！」

化為非人怪物的少女嗤之以鼻。

「就算身體變得和人家一樣，被砍的時候還是會痛喔。如果捱上的是使徒聖的劍，那就更不用說了。」

「這我很清楚。」

「妳就好好努力，用出色的演技騙過全世界吧。」

語畢，人影隨即消失無蹤。

只見少許紫羅蘭色的火星垂落至地毯上頭，但過不久便緩緩熄滅。

「…………」

伊莉蒂雅沒有回頭。

身為女王之女的第一公主，僅僅只是眺望著窗外的光景。

「愛麗絲。」

紫羅蘭色的魔女根本無關緊要。

只要將視線停留在心愛的妹妹身上即可。因為今晚是最後——伊莉蒂雅能和兩名妹妹與母親共度的最後一夜。

「妳的缺點就在於妳太過強大了。即便事已至此，妳肯定還是認為自己有辦法擺平這一切吧？妳認為自己可以掃蕩帝國軍、拯救女王，營救這個皇廳——這確實是相當美妙的自信。」

第二公主愛麗絲莉潔・露・涅比利斯九世。

她不僅擁有強大的星靈，對國民也懷抱深切的同理心與博愛精神。然而，她真正突出的優點，在於狀況危急時能變得「冷酷」的才能。

愛麗絲能扼殺自己的感情。

若是為了守護皇廳，身為公主的愛麗絲莉潔，想必也會毫不留情地對帝國軍趕盡殺絕。

——即便會伴隨著眼淚。

她會扼殺自己的感情，將雙眼哭得紅腫，並繼續戰鬥下去。

妹妹有著如此堅強的心靈。

「但這可不行。」

光是這樣還不夠。

她終究還是沒辦法讓「**所有**星靈使的樂園」這樣的標語，在這個國家完全成真吧。

「妳的夢想藍圖，是基於妳強大的實力才得以成形。妳難道沒發現，這樣只能打造出一個『強者雲集的樂園』嗎？」

若出生時沒能獲得強大的星靈寄宿，就會成為輸家。而伊莉蒂雅則是化身為這些輸家的代言人，放火燒毀這座虛假的樂園。

而第一步——

「愛麗絲，妳就將『我被帝國軍砍殺』的光景深深烙印在眼底，然後被絕望吞噬吧。」

第一公主伸出手，以指尖輕觸玻璃窗。

然後露出了甜美的微笑。

3

涅比利斯王宮月之塔——

與空中迴廊「月之冠」相接的牆壁，在帝國軍和星靈部隊的交戰中被打得粉碎。
夜風吹過高層區域。
而破壞了地板爬上樓層的，是以濃紫色星靈能源凝縮而成的物體。
「這是……葛羅烏利祖父大人的化身獸！」
魔女琪辛抽搐著臉頰喊道。
星靈能源巨人從地洞探出頭顱，並向上伸長手臂，眼看就要從下方樓層攀爬上來。
——即使碰觸了飄浮在空中的「荊棘」，巨人依然不為所動。
琪辛的荊棘能夠消滅各式各樣的物體。
單就破壞力來說，這肯定是全佐亞家最頂級的戰力。但從葛羅烏利的「罪」之中誕生的化身獸，不受到物理干涉的影響。
「我雖然喜歡祖父大人，但討厭這些傢伙……」
琪辛噘起嘴巴向後一跳。
「棘」對上「罪」的時候，就會顯得極端不利。即使強如琪辛，一旦化身獸開始躁動，她也只能乖乖拉開距離——她不想被捲入其中。
而另一方面——
冥所率領的帝國部隊則不曉得化身獸的底細。

「冥、冥大人，槍枝對牠們無效！」

「畢竟是星靈能源的聚合體嘛，攻擊會無效也是正常的啦。哎，這玩意兒散發著很棘手的氣息呢。」

冥瞪視著爬上地板的巨人。

扛上肩的暴嵐荒廢之王處於隨時都能擊發的狀態，但冥憑著直覺認定，打探這星靈的底細才是當務之急。

「子彈會穿透過去，黑髮小姐的荊棘也起不了作用。照這樣來看，這是屬於純粹的星靈能源，所以物理性質的干涉才會無法生效。不過……」

化身獸為何能打穿地板攀爬上來？

既然沒有實體，那麼理應沒辦法破壞地板才是。

「小無名，能給人家一些情報嗎？」

『好像是叫什麼罪之星靈產生出來的化身獸。根據對方的說法，這似乎是無敵的存在。』

帝國的精兵們先是一愣，隨即向後退開。

理應空蕩蕩的虛空迸出一團朦朧，而全身穿著淺灰色緊身衣的男子隨之現形。

他是使徒聖第八席無名。

「哦？你的左手沒啦？」

『要是被那頭化身獸碰到，妳也會有一樣的下場。真不愧是血脈的一家之長。儘管身為使徒聖，要單獨解決他還是相當不易。』

「你是逃過來的？」

『下次就會解決他了。』

「……哦……但也不曉得還有沒有下次就是了。」

以輕浮的口吻閒聊的冥，此時有如野獸般瞇細了雙眼。

就在兩名使徒聖於走道上並肩而立的同時，巨人型的化身獸爬上地板，而地獄看犬狗型的化身獸也接連從洞中躍出。

「人家再確認一次，那玩意兒真的是無敵的？用導彈或放火也沒用？」

『應該會徒勞無功吧，而且還會增加罪孽，令化身獸增殖變大，是極不講理又麻煩的星靈。**然而，牠們分辨不出敵我陣營。**』

化身獸正在追蹤無名。

為了執行命令，在追趕無名的過程中，化身獸會毫不留情地破壞擋路的事物，並在踩碎一切後繼續追擊。

因此，星靈部隊也會投鼠忌器，不敢接近化身獸所在的區域。

「——可別搞錯了。」

純血種琪辛水平地舉起右手掌。

隨著她擺出手勢，一度在空中四下分散的數千支荊棘再次蠕動，鎖定了冥與無名。

「我沒打算交棒給祖父大人。擊潰您們的人會是我。」

「啊哈哈！所以當家是為了寶貝孫女而挺身一戰的？真是感人的佳話呢，小姐。妳不如趕緊回房好好睡上一覺吧？」

「……您真的很討人厭。」

黑髮魔女伸出手指，對準嘻皮笑臉的冥。

「消失——」

叮鈴——

極為突兀的清亮鈴聲，響徹以命相搏的戰場。而鈴聲的出處，正來自琪辛的耳邊。

『琪辛，立刻前往集合地點會合。』

「昂叔父大人？」

藏在她黑髮底下的，是耳環造型的通訊機。

無論是從中傳出的男子嗓音，或是琪辛回答的音量都相當微弱，但聽覺超乎常人的冥與無名並沒有漏聽他們的對話。

「叔父大人，這是為何！」

『發生了出乎意料的事件。我這邊也中斷了與使徒聖的戰鬥，正在趕往集合地點。』

傳來的話語帶著激昂的語氣。

就在琪辛察覺狀況有異之前——

『女王和小伊莉蒂雅，在女王謁見廳遭人砍傷了。』

「……………什麼？」

聽到這番話語後，佐亞家的殺手鋼琪辛，在今晚首次發出符合年紀的可愛嗓音。

帝國軍的刺客襲擊了女王。這樣的情況真的有可能發生嗎？

然而——

「為何露家的第一公主會出現在女王謁見廳裡」？

「這太不合理了。她根本算不上戰力，就算在這種情況下馳援也……」

『沒錯。我原本也以為她會待在露家的地下避難室。小伊莉蒂雅頭腦聰明，應該很清楚在戰況激烈時，自己是最派不上用場的存在才是。』

這根本是白白送命。

簡直像是為了求死而採取的行動。

「……………」

『我也才剛從小愛麗絲的部下那邊收到情報，得先調查真實的情況為何……老實說，我也搞不懂到底發生了什麼事。』

這便是一名魔女（伊莉蒂雅）的巧計——

讓月亮的盤算也澈底翻盤的瞬間。

Chapter.4 「不可饒恕之人」

女王宮的正門深鎖。

僅能透過星靈之力進行開關的這座門扉一旦敞開，就得經過好一段時間才能關閉。因此，大門若是開啟的話，就正中帝國方的下懷，讓帝國軍得以蜂擁而入。

「燐，妳應該也明白吧，我們要從後側的密門進塔。」

愛麗絲無視女王宮的正門繞向後側。

她跑在廣大的腹地之中，朝著路燈的光芒也照不到的城堡後方疾奔。

「愛麗絲大人，小的能明白您內心的激動，但還請您冷靜下來。」

「我很冷靜。」

這句謊話撒得相當拙劣。

自己明明氣喘吁吁，還粗暴地擦去額頭上的汗水，怎麼看都不像個冷靜的公主。而她本人（愛麗絲）也有所自覺。

忐忑不安的感覺遲遲沒有消褪。

……敵方刺客闖進女王宮。那人若是使徒聖，就會是個極為危險的對手。

……伊莉蒂雅姊姊大人、女王大人，請妳們一定要平安無事。

「燐，躲起來。」

兩人蹲下身子，藏身於女王宮外牆一帶的草叢之中。

這裡什麼也沒有——

對於帝國軍來說，他們肯定抱持著這樣的感想；而對身為星靈使的愛麗絲而言，她能看出這面牆壁滲透出少許的星靈之光。

「星靈們，是本小姐來了。幫我開門。」

愛麗絲伸手觸碰牆壁後，牆面隨即大大地動了起來。

這座女王宮是「活生生」的。

牆裡住著許多微小星靈，一旦察覺到始祖涅比利斯的血統，就會從睡眠中清醒過來，並在牆上開出一條小小的隧道。

「沒有瞧見帝國軍的身影，趁現在行動的話，他們應該也不會察覺到這扇門的存在。」

「燐，我們動作快。」

兩人衝過密道，前往女王宮的一樓大廳。

在大廳等待兩人到來的，分別是幾名被女王下令巡邏的近衛兵，以及一名王宮守護星。

「愛麗絲大人，您回來了！」
「屬下有事稟報。剛才伊莉蒂雅大人她……」
「我知道。」
愛麗絲向部下們點頭回應，隨即瀟灑地穿過大廳。
「本小姐這就前往女王謁見廳。那邊的三名跟我過來，其他人繼續留守在這裡！」

＝

……總覺得這場戰鬥有點不對勁，卻又有些說不上來。
……是什麼時候開始的？
那是類似預感一類的東西。
內心的一小部分萌生了揮之不去的疑念。女王米拉蓓爾·露·涅比利斯八世在戰場上闖蕩數百回，而這一類的直覺往往能指引自己作出正確的選擇。
像是穿越帝國軍的地雷區、來到噴灑毒氣的平原、遭到竊聽、遇上間諜或是遭到敵軍包圍等時刻。
那是能察覺死地的絕對嗅覺，而這樣的直覺正躁動不已。

「你為何能察覺到那個存在？」

涅比利斯女王擦去沾附在唇上的塵埃。

她悠然駐足的女王謁見廳，「已被夷成一片平地」。

女王的肆虐——

支撐天花板的圓柱被切成好幾百片石板，原本存在著階梯的空間，則是被切成無數小方塊堆積成山。

啪答、啪答……

碎裂的彩繪玻璃窗，正灑下五顏六色的玻璃碎片。

「那是連帝國軍的轟炸機都能斬成兩半的大氣鐮刀。這用來對付人類會顯得過於霸道，因此我一直以來鮮少使用。但對於企圖斬殺女王（我）的為非作歹之輩，就沒有顧慮的必要了。」

「…………」

帝國軍的刺客倚著滿是裂痕的牆壁頹坐在地。

他握著細窄的長劍一動也不動。而他身上也滲出不少鮮血，在本人腳邊形成血窪。

「到底是怎麼回事？你為何還能倖存下來？」

「…………」

「我聽得見你心臟的跳動喔。大氣是不會放過任何一道聲響的，就算是再微弱的呼吸聲也不例外。」

「原來如此，還真是方便的星靈。」

在平淡地低喃後，劍士擰去沾在紅髮上頭的鮮血。

雖然特製的盔甲也被劈碎了一部分，但他像是在表明不會對戰鬥造成影響似的，一聲不響地站起身子。

「不僅具備了始祖後裔所特有的暴虐，也能用以保護罩門，應用的層面相當廣泛。」

「……你為何能平安無事？看來你是不打算回答我的問題呢。」

「『因為是我的關係』。」

「…………」

「妳大概以為我是在信口開河，但我沒打算尋求妳的理解。」

他以右手提起與身高相仿的長劍，讓劍尖斜指地面。使徒聖第一席約海姆的眼神，此時筆直地射向女王。

「下一劍就會砍了妳。」

「我確實聽不懂你在說些什麼，但你那對眼神相當惹人生厭呢。就經驗上來說，那是我最討厭的一種眼神。」

她在布滿裂痕的地板上後退一步。

涅比利斯女王以行雲流水般的動作，讓腳尖蹬了一下地板。

「所以就消失在風之墳墓裡吧。」

——衝擊「風神風界曼荼羅」。

女王謁見廳的牆壁崩塌了。

女王謁見廳裡捲起數百道堆砌成層的烈風。紊亂的強風形成幾何模樣的結界，能將存在於該處的一切事物捻碎殲滅。

這原本是用以攻城的法術。

此一奧義的威力驚人，甚至能連同堡壘一同摧毀堅固的城牆都市。雖然規模收斂至女王謁見廳的占地範圍，仍不影響其原本的威力。

然而——

「妳果然錯看了我。」

卻是毫髮無傷。

位居使徒聖之首的劍士穿過數以百計的暴戾旋風，朝女王逼近。

他來到了米拉蓓爾女王的面前。

「怎麼會！」

「『妳造出的風會避開星靈能源前進』。」

施展威力過於強大的星靈術必須付出代價——

這裡是女王宮。要是部下們在這時闖進大廳，肆虐的狂風就會將他們捲進其中，並將之撕裂殆盡。

為此，她在施法時加上了限制，使其不至於傷及星靈使。

「這就是妳的失誤。」

「你為何……難道說！」

女王的口中迸出了驚呼聲。

使徒聖第一席約海姆。這位來自帝國的男性刺客，其真實身分是——

「『原來叛徒就是你』。」

「沒錯。我為了改變這個皇廳而背叛了女王（妳）。」

第一席約海姆。

其真實身分乃出生自皇廳，並背叛了皇廳加入帝國的星靈使。

女王對此並不知情。而將必殺的星靈術調整為「消滅星靈使以外的一切」，便成為她致命的失誤。

「我一直都知道女王的存在，但妳從不把我這種人放在眼裡，只把我看成單純的敵兵。這就是我們之間的差距。」

「唔！」

一劍斬出。若是全盛時期的自己——處於皇廳頂尖的戰鬥人偶的那個時代，她或許還能抓準時機向後跳開吧。

躲過了嗎？

就在冒出這個念頭的瞬間，映入女王眼裡的，是被劈碎的王袍衣角。

接著是飛濺的血沫。左手臂沒被一劍斬斷實屬走運……但也不盡然，因為使徒聖已經擺出架勢，準備揮出第二劍。

「歷史將就此改變。」

用以毀滅星靈使樂園的刀刃向下劈落。就在女王本人都認為會遭受斬殺的那一瞬間——

「母親大人！」

「……………………咦？」

她聽見了喊叫聲。

第一公主伊莉蒂雅擋在女王身前，被使徒聖約海姆的長劍斬中了身子。

「……母……親大……快逃…………」

背對女王的長女雙膝一軟，跪倒在地。

這一劍從肩膀劈至胸口，傷口噴出鮮血，將使徒聖染成一片血紅。就在身兼人母的女王完整見證這一幕之前——

她失去了意識。

雖然手臂所受的刀傷亦是原因之一，但最主要的原因，還是她的內心拒絕接受發生在女兒身上的悲劇。

女王昏倒在地。

第一公主被砍倒在血泊之中。

這一幕的目擊者自然就是約海姆，以及——

「……伊莉蒂雅姊姊大人……？母親大人…………？」

使徒聖轉過身子。

劍士握著滿是染血的長劍，而在稍遠之處，一名少女正於此時抵達了謁見廳大門原本所在的位置。

少女穿著疑似是純血種的白色王袍，是一名美麗的金髮魔女。

「我不曉得妳是誰，但妳來遲了一步啊。」

不可饒恕之人(約海姆)發出了鋼鐵般的低喃：

「這個皇廳已經毀了。」

Chapter.5　「冰禍魔女愛麗絲莉潔」

她沒聽見慘叫聲。

取代慘叫聲浸染女王謁見廳的，是從肩膀被斬至胸口的姊姊(伊莉蒂雅)所噴出的深紅血沫。

「……母……親大……快逃…………」

嘴裡也噴出鮮血的姊姊，像是斷了線的人偶般倒下。

女王米拉蓓爾則是倒地在她身後。

兩人都一動也不動。

「……伊莉蒂雅姊姊大人……？母親大人…………？」

這一定不是真的——

愛麗絲首先懷疑起自己的精神狀態。就是在夢境裡，她也不曾見過這幅光景。在女王謁見廳裡，發生了最愛的家人接連倒地的慘劇——

「我不曉得妳是誰，但妳來遲了一步啊。這個皇廳已經毀了。」

握著染血長劍的劍士轉過身子。

雖然對他的長相毫無印象，但他肯定就是帝國派來的刺客。

是使徒聖嗎？不曉得。但是不是都無所謂了。她所能確定的，便是這名男子犯下了不可饒恕的罪行。

同時，她感到相當懊悔。

「自己太天真了」。所以才沒能守住母親和姊姊。

果然——

果然名為帝國的存在，就是該澈底消滅才對。

「下一個是妳嗎？」

「該死的帝國人啊啊啊啊啊啊啊！」

她這輩子首次放聲大吼。

劇烈沸騰的情緒，使得視野被染得一片血紅。而就算這聲咆哮有失公主的格調，如今又有誰阻止得了她？

緊接著，她發出哀嘆。

……本小姐一直在懷疑，姊姊大人是否就是軍事政變的嫌犯。

……也懷疑將希絲蓓爾帶到別墅，是她計畫的一環。

但我錯了。

「姊姊是清白的」。自己的想法實乃無可挽回的誤解。

因為——

「企圖讓女王之位易主的叛徒不可能保護女王」。姊姊伊莉蒂雅絕對不是露家的背叛者。

「——帝國人，我絕對饒不了你！」

控制星靈的念頭，追不上發動星靈的速度。

愛麗絲背上的星紋迸出極為大量的星靈能源，這些能源在轉化為寒氣後凝結成形，宛如一對長在愛麗絲背上的藍色雙翼。

「從這寒氣來看，妳就是冰禍魔女嗎？」

「沒錯。我就是帝國軍（你們）嘴裡的魔女。」

她以手指直指對方。

最愛的家人倒在凶刃之下。倘若能為她們報仇，就是要成為毀滅帝國的魔女也無妨。

「我會將帝國的每一座都市都凍成冰雕。當然你也不例外！」

寒氣四下吹拂。

空中迸現出無數冰劍，宛如驟雨般砸向使徒聖。然而——

「妳還不明白眼下的狀況啊。」

約海姆手裡握著一面盾牌。

被斜砍了一劍、傷口仍在流血的第一公主伊莉蒂雅，成了他的人肉盾牌。

「愛麗絲大人，請停手！」

「……唔！」

聽到燐的尖叫，愛麗絲這才回過神來，在恍惚之中止住了術式。

理應砸落的冰塊，緩緩地在半空中融解殆盡。若是沒即時煞車的話，會遭到冰劍貫穿的，肯定就是被挾為人質的姊姊了。

不僅將姊姊傷得如此悽慘。

還將她當作活生生的肉盾利用，這豈是「殘虐」兩字所能形容的惡行。

「純血種到手，我也該走了。」

「住口，帝國人……！我……絕對不會原諒你。別以為你能四肢健全地返回帝國！」

「隨妳說吧。」

將姊姊扛上左肩的劍士調轉腳步。

他背向愛麗絲，朝著女王謁見廳的底側跑去。

……他要逃跑了？

……可是那邊只有牆壁啊。這裡的門扉只有我身後的那一扇而已。

不對。

還有另一扇門存在。那是只有王室和其親信才知曉的避難通道。然而，若非始祖後裔伸手碰觸，就無法開啟密門。

「鑰匙在我手裡。」

抱在他手裡的伊莉蒂雅——

劍士抓著昏厥過去的姊姊手掌，輕輕觸碰牆壁。感應到露家第一公主的星靈們登時有了反應，造出一條通道。

「你……居然一再將姊姊大人當成道具看待！」

「這是在有效利用。」

他跑出女王謁見廳。

密門直接與女王宮外的腹地相繫。顯而易見地，他會與帝國軍會合，並將第一公主伊莉蒂雅帶回帝國本土。

「燐！女王大人的傷勢如何？」

她轉頭看向燐。

燐和同行的三名警備兵圍住倒地不起的女王。其中兩人已經拿出通訊機，正在要求支援。

「性命並無大礙。只不過左手的裂傷傷及骨頭……光是手臂還相連在身體上，就已經堪稱奇蹟了。」

燐待在傷勢怵目驚心的女王身旁咬緊嘴唇。

她以細繩綁住肩膀的動脈，藉此止血。

「有必要立刻為手臂做縫合手術。待醫療小組到場後，必須立即將女王大人送進醫務室進行手術……」

「這裡就交給妳了。就依妳的判斷去處理每一件事吧。」

「……愛麗絲大人。」

燐倒抽一口氣。

「您要去追那名帝國人對吧？」

「妳錯了。我要追的是伊莉蒂雅姊姊大人。」

眼下的第一要務，是奪回第一公主。

無論是要將那名男子大卸八塊，還是摧毀帝國，都是那之後的事。

「燐，一旦有什麼狀況，就立刻聯絡我！」

她沒等燐回應，便蹬地衝了出去。

愛麗絲穿過密門，前往女王宮外圍的腹地。

「那個男人跑到哪裡去了……！」

在十多秒前，抱著姊姊的使徒聖肯定也站在這裡。

他還沒跑太遠。愛麗絲仰賴少許的路燈燈光環顧四下，很快便看到了殘留在石板路上的黑色血跡。

那是伊莉蒂雅的血。

現在是分秒必爭的時候。這和女王手上的傷勢不同，要是不趕快接受治療，姊姊甚至有可能就此喪命。

「不會讓你逃掉的。豈能讓你對姊姊大人為所欲為……！」

血跡一路延伸到腹地廣場。

而在更遠之處，可以看到停在廣場的一臺轎車行駛出去。

「是打算載走姊姊大人嗎！」

使徒聖的目標並非與帝國軍會合。

而是立刻將純血種搬運出去。

只靠愛麗絲自己的雙腿絕對追不上。怎麼辦？該下令星靈部隊進行追蹤，並封鎖國境嗎？

「愛麗絲大人！快上車！」

一輛白色的公家車疾駛而至，停在愛麗絲的身後。

坐在駕駛座上的，是跟著她前往女王謁見廳的警備隊員的一員。

「屬下奉燐大人的命令前來。燐大人推測帝國軍劫走伊莉蒂雅大人之後，愛麗絲大人極有可能需要車輛進行追蹤。」

「真是完美的判斷！有勞你全速行駛了！」

愛麗絲跳上副駕駛座，她還來不及繫上安全帶，載著愛麗絲的車輛便追著行駛於前方的轎車而去。

車輛開往王宮的腹地之外。

「他們打算駛向市區嗎？」

「應該是打算開上市區的高速公路吧。只要沿著中央州的八號高速公路一路向前，就能直接抵達國境。」

部下一手握著方向盤，另一手則握著通訊機。

『呼叫國境關卡，這裡是王室專車。由於遇襲之故，伊莉蒂雅公主正遭到敵方劫持。那些傢伙打算走高速公路，請立刻封鎖所有國境。』

車輛駛過深夜的市區。

敵方車輛無視號誌向前疾駛，而我方當然也是如法炮製。雖然惹得搞不清楚狀況的其他車輛連按喇叭，但他們已經沒有時間乖乖讓道了。

「拜託你，再開快一點。姊姊大人的傷勢有性命之憂，已經沒時間讓我們追到國境了，她會就此喪命的！」

「屬下深知事態嚴重，然而……！」

車距遲遲無法拉近。

經歷激烈的飛車追逐戰後，若是以秒距法來計算，兩輛車的車距就只剩不到五秒的時間。載著姊姊的車輛明明近在眼前，卻始終無法跨越那一道薄薄的藩籬。

……太不合理了。明明是三更半夜，為何還能用那麼快的速度疾駛無礙？

……光是認路應該就耗盡他們的心思才對。

只能認定對方對中央州的路線瞭若指掌了。

那輛車裡肯定也載著皇廳的背叛者。

「——我把話說在前頭。」

她對坐在隔壁、握著方向盤的駕駛說道：

「在攔下那輛車後，如果姊姊大人並未遭遇不測，就立刻開往最近的醫院吧。」

「這是當然。」

「可是……倘若她遭遇不測，或是攔截行動以失敗告終，我希望你能立刻折回王宮。」

「遵、遵命。您是要趕回女王大人的身邊對吧？」

「不是的。」

這句話——

恐怕是她迄今開口說出的話語裡頭，語氣最為冰冷的一句吧。

「本小姐要去殲滅那些殘存的帝國軍。我不會讓任何人返回帝國領土。」

「…………」

「伊莉蒂雅姊姊大人要是有什麼萬一，我說不定真的會失去理智，所以我才要事先交代你。拜託你了。」

「……屬下明白。」

窗外的風景為之一變。

車輛駛出大樓林立的市中心來到郊區，開往寧靜的田園和森林地帶。

「愛麗絲大人，敵方的車輛停下來了……不、不對，這是！」

追蹤的車輛倏地停下。

但停止的時間僅有短短一瞬。映在擋風玻璃上的車輛忽然倒車，以猛烈的速度朝愛麗絲兩人的車輛衝撞上來。

「難道說！」

愛麗絲話聲未畢，視野便被火焰所包覆。

——汽車炸彈。

星靈的自動防衛系統雖然對人類的殺氣極為敏感，對於來自機械的攻擊就顯得有些遲鈍。

而在近距離引爆的內嵌式機械炸彈，則是快到連愛麗絲的自動防衛都來不及啟動的程度。

……就連這也是圈套嗎？

……偽裝成載著伊莉蒂雅姊姊大人的模樣，其實是無人車？

意識墜入一片黑暗。

在感受到熱浪的下一瞬間，愛麗絲所搭乘的車輛登時被炸上天。

「————」

「愛……麗絲……大人……請您……醒醒……」

她睜開眼睛。

在翻覆的車輛之中，愛麗絲率先感受到的，是冰冷的金屬觸感。

那是鋼之星靈的作用——星靈操控了金屬，拔出汽車的零件形成「盾牌」，為愛麗絲擋下爆炸的衝擊波。

但事出突然，能造出的盾牌僅僅只有一面。

「你……！」

「您沒事……太……好……了……」

背對著擋風玻璃的男子，頹倒在愛麗絲腳邊。他背上的衣物被爆炸的衝擊波燒得焦黑，肌膚也被燒得通紅稀爛，令人不忍卒睹。

「是你保護了我嗎……」

男子沒有回應。

為自己擋下攻擊的男子，已經連意識都把持不住了。

「撐下去！本小姐這就幫你叫救護車！」

她將手伸向被燒得稀爛的背部。

冰之寒氣覆蓋住傷口，緊急穩住了傷勢。愛麗絲爬出車窗，竭盡全力將保護自己的男子拖出車外。

她隨即取出通訊機怒吼：

「燐，我有事拜託妳！」

愛麗絲不想浪費每一秒，沒等到回應便繼續開口說：

「立刻派醫療小組來我這裡！用最快的速度趕來！」

『——愛麗絲大人？伊莉蒂雅大人的狀況如何了！』

「讓對方跑了。本小姐追蹤的車只是個幌子。無論如何，麻煩妳立刻派一組醫療團隊過來，我這裡有個重度燒傷的傷員……他是為了保護我而負傷的……」

『小的這就去準備！』

燐沒有詢問愛麗絲的所在位置。

王宮裡的通訊中心，能夠掌握愛麗絲通訊機的發訊位置。只要別胡亂走動，醫生就會在十餘分鐘內趕至現場吧。

「……拜託妳了。」

她切斷通話，抬起臉龐。

引發爆炸的車輛，如今仍在深夜的車道上熊熊燃燒，點點火星宛如細雪一般，飄落至愛麗絲的肩上。

腳下是失去意識的部下。

背後則是被炸成了廢鐵的自家車。

「…………」

面對眼前的一切──

「──為什麼！」

愛麗絲咬緊自己的雙唇，甚至噴出了鮮血。

感到後悔嗎？

不對。這種溫吞的詞彙根本不足以表現她現在的心情。女王、姊姊和剛結識的部下，都一一在自己面前倒地不起。

就像是拚命掬起水，卻只能眼睜睜看著水從指縫間流落一般。

「無論是女王、姊姊大人還是這名部下，明明都是我能夠救到的對象……為何這回卻偏偏落得一事無成的下場！」

她一直認為自己擁有逆轉戰局的力量。

在抵達王宮後，她便馬不停蹄地撲滅火勢、趕赴女王宮，而現在也為了奪回重要的姊姊追擊至此。

但一切都是徒勞無功。

在如此重要的時刻，為什麼自己卻一個人都沒救到？

「…………」

被使徒聖砍傷的姊姊伊莉蒂雅，如今已是命在旦夕。

女王也急須進行手術。

昏倒在公路上的部下也得儘速送醫，否則後果不堪設想。

……帝國軍……不對，是全帝國的人都一樣！

……如果這就是你們展露出來的意志，那本小姐就絕對不會饒恕你們。

「作好覺悟吧……我真的、真的會對你們展開報復的……」

她握緊拳頭。

然後聽見了腳步聲。

這時，她察覺到有人跑在車道上，並逐漸接近的氣息。

是誰？

大惑不解的愛麗絲抬起臉龐，隨即看見了一名氣喘吁吁的黑髮少年。

那是抱著黑白雙劍的一名劍士。

「愛麗絲？」

「…………伊思……卡……？」

在這樣的狀況下。

帝國與皇廳的關係降至冰點的夜裡。

黑鋼後繼伊思卡，遇上了冰禍魔女愛麗絲。

少女（愛麗絲莉潔）切身明白。

——帝國兵全都是敵人，沒有一個例外。

帝國人砍殺了重要的姊姊，傷害了女王，所以不能放跑任何一個帝國人——不論對方是誰都一樣。

「…………」

「……愛麗絲？」

看著自己的少年稍稍抽了一口氣。

他應該看出來了吧。自己的臉孔正因憤怒而僵硬，而背上的星紋更是散發著難以控制的巨量星靈能源。

和平時的自己完全不同。

……沒錯。就是這樣。

……若是你的話，就能「見微知著」地察覺到本小姐的變化吧。

被細心的帝國劍士注視的愛麗絲，知道自己的眼角漸漸溼潤起來。

「……為什麼……偏偏要在這種時刻遇見你呢。」

嘴唇頻頻發顫。

她緊緊咬住雙唇。

愛麗絲拚命擠出的話語，脆弱得宛如抽泣聲。

「我們……已經……不是能用勁敵來稱呼彼此的關係了。這種打鬧般的關係，已經不能再維持下去了……」

「愛麗絲？妳在說什麼啊？先聽我說，希絲蓓爾她——」

「『我不是要你留在別墅裡嗎』？」

愛麗絲不容分說便打斷他（伊思卡）的話語。

那是在她收到帝國軍攻打王宮的消息時，於離開別墅前一刻所發生的事。在走廊上與他錯身而過的時候，愛麗絲確實是這麼說的——

「本小姐希望你和這件事沒有任何關係，所以，你如果想主張自己的清白，就留在這間屋子裡，不要往外踏出一步。」

「愛麗絲？妳到底在說——」

「絕對不要出去。要是你做出和帝國軍聯繫的行爲，本小姐絕對饒不了你！」

她已作過充分的警告。

而打破約定的則是他。

「聽我說啊，愛麗絲，希絲蓓爾被人抓走了！休朵拉家的碧索沃茲逃出了監獄，摧毀了露家的別墅！」

「……希絲蓓爾被抓了？」

「我正在追尋她的下落，但途中聽見了爆炸聲，所以就過來看看狀況。」

這是真的嗎？

這句話明明已經衝到了喉頭，但把臉皺成一團的愛麗絲卻硬是吞了回去。

……不行。我不能再把你的話聽進去了。

……甚至不能相信你。我的立場不允許這麼做。

帝國軍全都是敵人。

而且，自己還是要繼承女王之位的公主。

「妳說我妹妹被抓了？那應該不是碧索沃茲下的手，而是帝國軍所為吧？說不定你就是其中一名共犯呢。」

「愛麗絲？妳到底是怎麼了！」

「…………」

伊思卡的視線扎得她生疼。

其實自己也很明白。換作是平時的她，是說什麼都講不出這種話的。然而，為了守護這個皇廳，自己說什麼都得將帝國軍殲滅殆盡。

無論來的是哪個帝國人，她都不打算手下留情。

「我不信！我憑什麼相信你這個帝國人！」

「……妳說什麼？」

「你說要我相信你？這才叫強人所難！本小姐……本小姐可是親眼看到伊莉蒂雅姊姊大人被砍傷的那一瞬間啊！下手的還是和你一樣的使徒聖！」

這聲嘶力竭的吼叫，挾帶著哀傷的音色縈繞四周。

而滑過臉頰的水珠，則是不受控制地涔涔流下。

「不只是姊姊大人而已，就連女王也受了傷！一切都無法挽回了。本小姐脾氣再好，也無法饒恕傷害我的家人和部下之人！」

她無法伸手拭淚。

因為愛麗絲甚至不明白自己為何哭泣。

……本小姐……

……本小姐究竟是為何而傷心，又是為何而哭泣呢？

是因為家人被傷害的關係嗎？

還是說——

「本小姐是涅比利斯皇廳的第二公主愛麗絲莉潔，毀滅帝國乃是本小姐的義務，即便是你也不例外。」

「……愛麗絲。」

與自己四目相交的他，臉上依舊充斥著強烈的困惑之情。

但不能在此心軟。

自己不能再佇足不前了。

「為什麼！為什麼要這樣！本小姐……不想用這樣的立場和你交手呀！」

啊啊，一定是這麼一回事吧。

這就是我哭泣的理由。我忍不住想喊破嗓子的最重要的理由。

我想在極為特別——只有兩人的戰場與你相見。

將帝國和皇廳的爭鬥拋諸腦後，甩開涅比利斯王室的血脈相爭。

——我明明那麼珍愛你與我的聖戰。

這樣的夢想破滅了。

而且還是用最為糟糕的形式結束，只留下遺恨千古的未來。

「我……」

她沒有擦去眼淚，而是張開雙臂。

從手中迸出的星光微微閃爍，從虛空中產生出無數冰塊。

「前使徒聖伊思卡，我要向『你』宣戰。拿起武器吧。」

「愛麗絲！現在不是做這種事的——」

「我已經無法回頭了！」

愛麗絲嘶啞地吼著。

她伸手指向眼前的帝國劍士。

「本小姐也不想懷著這種一塌糊塗的心情和你交手！我明明不想用這種方式結束……！」

此時此刻。

黑鋼後繼伊思卡和冰禍魔女愛麗絲，展開了第二次決戰。

＝

星靈能源呈現湛藍色。

能源化為數以萬計的光粒，宛如小小的煙火般升向天空並緩緩消失。雖然是一幅如夢似幻的光景，但目擊到這一幕的人並不多。

由於受到了帝國軍的襲擊，非武裝的市民都躲進了地下避難室。

但這裡有個例外——

「我還以為是誰擁有如此強大的星靈之光，原來是第二公主（愛麗絲莉潔）啊。她是米拉的女兒吧。」

在田園地帶邊陲的小丘上頭。

彷彿受到上天祝福一般，白髮美男子沐浴著月光的照映，一派悠然地佇立在地。

超越的魔人薩林哲。

他是三十年前入侵涅比利斯王宮，襲擊了前任女王的重刑犯。

雖說實際年齡應該已經超過五十歲，但那身千錘百鍊的肉體和美貌，卻是從二十來歲的全盛期便維持至今，甚至打磨得更為精實。

「…………」

丘陵和事發地點之間，相隔數公里的距離。

就算用上專業級的雙筒望遠鏡觀看，大概也只能勉強辨識出人影。不過，這名男子擁有用以應付這種狀況的星靈。

「至於她的對手，想不到居然是那個帝國劍士……」

他輕輕咂嘴一聲。

對薩林哲來說，那場戰鬥雖然只是小試身手，對手卻讓他留下了相當難堪的體驗。

「來分出高下吧，魔人。」

「你這傢伙——是披著劍客外皮的野獸啊！」

「真教人費解啊，那名男子為何還滯留在皇廳之中？況且——」

那名男子曾挺身保護過愛麗絲莉潔的隨從。換句話說，帝國劍士伊思卡，說不定就是愛麗絲莉潔的部下？

薩林哲原本是這麼認為的。

「原來如此。這是多麼曲折離奇的命運啊。」

白髮魔人從嘴角流洩而出的，是一聲嘆息。

攻防戰在遠處展開——

愛麗絲莉潔的星靈術將田園地區的公路凍成水藍色。

毫不留情。

雖說光是觀察星靈術，就能看出她完全沒有留手的意思，但少女那氣勢洶洶的淒厲神情，更是道盡了千言萬語。

她咬緊牙關。

並瞠大雙眼，接連對帝國劍士擊發星靈術。

「第二公主愛麗絲莉潔，妳終究是米拉的女兒啊。就我看來，妳八成是誤信這次的襲擊，完全出自於帝國軍之手了吧？」

超越的魔人知之甚詳。

帝國軍這次的侵略行動，其實是期盼皇廳分裂的休朵拉家一手策劃的。

——三十年前。

「從那時開始」——在遠處的兩人尚未出生的那個時期，就已經是這麼回事了。

「真是滑稽可笑啊。這顆星球一點也沒變。所以米拉啊，我不是說過了嗎？妳並不適合當上女王。」

太過純真了。

無論是現任女王米拉蓓爾・露・涅比利斯八世，還是其女愛麗絲莉潔皆然。

她們與始祖後裔應有的姿態相去甚遠，無法承擔怨氣滿盈的血淋淋鬥爭。薩林哲早就知道，她們終有一天會成為悲劇裡的公主（女主角）。

「……真是愚蠢。」

很罕見地——

白髮美男子真的相當難得地對他人吐露怒氣。

「那時候犯下的過錯，又要再次上演了嗎？」

Intermission 「這是妳與我的最後決戰，或是兩人哭泣的夜晚」

1

那是距今三十年又數個月前的事。

那是薩林哲人生中唯一一段以「挑戰者」自居的時代——當時，有一名始祖後裔阻擋在他的身前。

他最為強大的宿敵，是名為米拉的美麗少女。

‖

「薩林哲，你的身體真的很耐打呢。是因為你很遲鈍的關係嗎？」

「…………」

「一般來說，捱了我星靈術的對手都會變得不成人形呢。」

這是被劃入自然保護區的大草原。

薩林哲仰躺在地，全身上下流出大量的鮮血，而金髮少女則是大剌剌地走近他的身邊。

她的雙手握著一把款式粗野的大型匕首。

她晃著修整及肩的金髮，以機械般正確的步伐，睜著機械般毫無感情的眸子前行。

「在皇廳境內，你是掠奪了超過一百個星靈的重刑犯。應該說，既然你是為了搶奪我的星靈而來，那麼就地處決就是個妥當的處理方式呢。」

「…………」

「不過呢，這次的戰鬥給了我挺正面的刺激，所以說，在你還夠格當我練習對象的這段期間，我就放你活命吧。」

如此說著，她像是在消毒般，伸出舌頭舔了一下肩膀上的擦傷。

簡直就像個野生兒童。她身上穿的也不是星靈部隊的制服，而是幾乎只遮住胸部的上衣，下身則只套了件極短的裙子。

然後——

少女甚至在薩林哲面前脫起這身沒多少遮掩的衣物。

「我要去那邊的河邊沖個澡。要是回到王宮的時候身上滿是泥巴和血漬，可是會被人擔心的。你要一起來嗎？你應該也很討厭渾身髒兮兮的吧？」

「……誰要……和妳這臭丫頭……一起洗……」

在他把話說完之前。

一把匕首朝著動彈不得的薩林哲飛擲而來。匕首掠過薩林哲的臉孔——不對，是削掉了他臉上的一層薄皮。

「那就幫我保管一下匕首吧，這把可是訂製品呢。」

少女展露出一絲不掛的裸身。

無視男人（薩林哲）近在眼前的事實。

雖然是年約十四、五歲的少女，但她對於裸露自己美麗的肌膚一事一點也不感羞恥，完全沒有絲毫的氣質可言。

這就是王室？

這就是下一任的女王候選人？

任誰都會抱持這樣的第一印象吧。然而，只要看過「她」戰鬥的身影，這樣的疑問就會在轉瞬間飛到九霄雲外。

這就是米拉蓓爾．露．涅比利斯八世——史上最強的女王候選人。

「薩林哲，你居然連力氣都輸我，太不像話了吧？」

「薩林哲，你使用的星靈術太過粗魯了。」

「薩林哲，你精心安排的奇襲就不過如此嗎？」

那並非憐憫，而是輕蔑。

以「王室戰鬥人偶」之名為人所知的公主，一而再、再而三地睥睨倒臥在血泊中的挑戰者（薩林哲），並投以冷酷的話語。

但冷漠無情的她，卻在某一天有了一百八十度的轉變。

這裡是涅比利斯皇廳中央州的市區某處。

強搶他人星靈——

因這條罪嫌而受到通緝的薩林哲，在做過喬裝後，目前正走在大白天的鬧區中。他剛從大型超市買了大量的食材，正準備折返基地。

下次該用何種方式挑戰宿敵（米拉蕾爾）？

就在他冒出這股念頭的下一瞬間。

「啊……」

在正午時分的十字路口。

一名少女在看到變裝過的自己後，隨即停下腳步。

「薩林哲？」

「……是妳！」

在街上閒晃的薩林哲已經做過變裝。

而一眼看穿他真面目的，則是身穿平民服飾在街上散步的米拉蓓爾公主。

「想不到會在這裡碰上妳啊……」

傷勢尚未痊癒。

但豈能在乎這點小事。在相遇的瞬間，便以相遇作為信號開始交戰。這是存在於兩人之間的不成文規定。

沒錯。

那應該是不成文的規定才對。

「啊……啊哈、啊哈哈哈哈哈哈哈哈哈哈！」

宿敵少女突然抱著肚子大笑出聲。

「啊哈哈哈哈！你、你這是在做什麼呀，薩林哲！你、你是想……你是想讓我笑到缺氧而死嗎！啊哈哈哈哈哈！」

「……妳說什麼？」

「誰、誰教『那個』薩林哲居然捧著超市的購物袋走在街上嘛！你應該是混在平民百姓裡，在挑過青菜和肉類後，和他們一起排隊結帳的吧？」

「…………」

被她這麼一說——

薩林哲這才想起，自己正用雙手捧著超市的購物袋。

「平時總是意氣風發地喊著：『米拉，今天就是妳這丫頭的下跪之日。』朝我發起挑戰的男人，其實也會和家庭主婦們在超市排隊結帳，一想像起那樣的光景……啊、啊哈、啊哈哈哈哈哈哈！我已經不行了！我投降！」

笑到不能自已的少女，就這麼滾倒在地。

由於是正午時分的十字路口，因此這樣的舉動吸引了不少行人的目光，但她毫不在乎。

「這、這是何等恐怖的計策，想不到我居然會動彈不得！」

「……喂，米拉。」

「而且還貼著限時特價的貼紙！想必是和多位主婦展開了可歌可泣的爭奪戰吧！」

「住口！」

少女從透明的購物袋看到貼著「特價」貼紙的食材後，不禁眼眶泛淚、笑得打滾。

順帶一提，這只是純粹的偶然。

薩林哲其實只是隨便挑了點食材，但似乎不巧選到特價商品，這才招致了不必要的誤解。

「……嘖！」

他咂嘴一聲，隨即邁步前行。

少女笑得打滾的行為削減了他的戰意。況且，若是在這裡做出會吸引行人目光的行為，那很快就會引來警務隊到場。

「啊，請等一下。」

這時——

追在嫌麻煩的薩林哲身後的，正是那位宿敵少女。

「既然難得有這樣的巧遇，今天是不是該休戰呢？」

「住口。妳當成撿回一條命不就得了。」

「好的。畢竟我差點就笑到沒命了呢。」

「…………」

「啊，請你別急著走嘛。休戰一事姑且不提，我在鎮上閒晃的事，還請你向王室保密。」

「……什麼？」

他原本就沒有要打小報告的意思。

光是接近王宮，自己(薩林哲)恐怕就會被星靈部隊舉槍瞄準。

「我因為在會議上打瞌睡，被大臣大罵一頓，才會氣沖沖地跑出王宮。雖然這已經是家常便飯就是了。」

「……妳是溜出王宮的？」

他不禁轉過頭，凝神打量起比自己矮了一顆頭有餘的嬌小少女，

「所謂的會議，不過就是用來補眠的場合。我應盡的本分就只有戰鬥，所以在會議上好好睡覺，藉此消除戰場上的疲勞，不是很理所當然的行為嗎？」

真是教人意外。

嗜血的機械人偶——薩林哲所認識的米拉蓓爾，是縱橫戰場的恐怖戰鬥狂。而他原本以為，米拉蓓爾在政務方面應該也表現得完美無瑕才是。

以機械般正確的態度。

如機械般冷淡地處理。

但剛才的內容是怎麼回事？在會議上打瞌睡？和大臣吵架後負氣出宮？

「簡直和人類沒兩樣。」

「我雖然不懂你在說什麼，但就麻煩你保密囉。」

說完，她便邁步離去。

她還是和平時一樣，不僅沒有發出腳步聲，轉身的動作也迅捷無比。

「……原來那個戰鬥人偶也會笑啊。」

這是他頭一次見到。

即使被薩林哲的鮮血灑了滿身，少女也不曾皺過一下眉頭；然而她居然會皺著臉孔捧腹大笑。露出笑容的她——

非常可愛。

自己確實覺得她擁有一張端正的臉蛋，但那是近似人偶的美麗，並不具備屬於人類的魅力。想不到她還有這樣的一面……

「嘖！」

他又咂嘴一聲，加快腳步。

自己看得出神——他像是要拒絕接受這樣的事實般，對眼前的牆壁使出一拳。

「就只有今天而已。別以為我下次還會放過妳。」

2

那應該是賭上性命的決鬥才對。

薩林哲為了奪走少女米拉的星靈而發起挑戰，她則是將之擊退。即使在鎮上巧遇過，這樣的互動也沒有任何改變。

然而，曾幾何時。

他變得無比珍愛戰鬥的每個瞬間，並在內心深處許願，希望這樣的關係能永遠維持下去。

而這樣的心願——

卻因三十年前的「涅比利斯七世暗殺計畫」，而讓一切都亂了套。

事件的開端，是一起將薩林哲捲入的詭異案件。

在追蹤犯人的這段期間，薩林哲耳聞暗殺當任女王涅比利斯七世的軍事政變計畫。

狙殺的目標有二人。

「殺害的對象是女王，還有……女王聖別大典的最有力候選人……米拉蓓爾？」

米拉公主的性命被盯上了。

而下手的還是始祖的後裔們。

「……血脈相爭。太不像話了，醜陋的血脈之人，『你們到底是奉了誰的性命，膽敢對我的女人出手』！」

在連自己都不甚明暸的情緒驅使下，薩林哲前往了女王宮。

米拉比任何人都強。

但始祖後裔們也是強者雲集，而暗中推動軍事政變計畫的可笑組織，其規模肯定也不小。要是遭受奇襲，她恐怕會有性命之虞。

——必須有人……

——必須有人和她一同戰鬥才行。

「米拉，妳可別誤會了。我不是在同情妳這丫頭，這都是為了我的目的。」

他這麼說服自己。

而潛入女王宮後，薩林哲所看到的光景是——

倒臥在地的女王涅比利斯七世。

「……豈有此理。」

他晚了一步。

有外人（薩林哲）察覺到軍事政變的計畫。知曉此事的主謀決定提前執行，因此薩林哲沒能在最後一刻抵達現場。

而薩林哲也看到了襲擊女王的怪物。

「唔！這怪物是怎麼回事！」

王室之一的「太陽」。

繼承了這支血脈的後人，正緩緩變形成一頭非人怪物。

——實驗體F。

異形魔女往薩林哲襲擊而來。

怪物散發的壓迫感非比尋常。戰鬥實際上只進行了數分鐘，但每一秒都漫長得宛如一小時，是一場貨真價實的極限死鬥。

「薩林哲！」

異形魔女逃跑了。

留在現場的就只有女王、薩林哲，以及趕赴現場的米拉。

「女王陛下……」

倒地不起的女王以及薩林哲。

「為了奪走女王的星靈而侵入王宮」——看在一無所知的米拉眼裡，兩者之間的關聯就只能是這麼一回事。

「薩林哲——！」

她首次放聲大吼。

以戰鬥人偶的身分活到今日的公主，首次在這個瞬間明白「憤怒」的情緒為何。

「是你……是你襲擊女王的嗎！」

「…………」

「快回答我！」

當時薩林哲若是據實以告，歷史想必會有所改變吧。

但他做不到。訴說真相以換取饒恕的行為，是他的自尊所不容許的。

相信我——

他無法接受自己得如此開口辯白的醜態。

而米拉蓓爾也因為身為公主的尊嚴和立場，無法無條件地相信沉默不語的薩林哲。

自尊和尊嚴，將兩人分隔開來。

兩人就此訣別。

少女哭了。她一邊哭泣，一邊拔出刀刃襲擊而來。

「薩林哲——！為什麼！為什麼你要這麼做！」

「……米拉。」

「我一直將你視為唯一的宿敵。無論你以什麼樣的姿態與我敵對，我都為一同度過的時光感到開心，也希望能和你一直在一起。但你為何要自甘墮落！」

名為勁敵的關係消失了。

薩林哲成了襲擊女王的罪犯，米拉則是抓捕他的正義制裁者。

只不過兩人的關係也因此退化為正義與邪惡的膚淺對立。

「……我……不想懷著這種黏稠如泥的念頭與你一戰呀！」

戰鬥到最後——

薩林哲遭到逮捕，被關押至第十三（厄卡拖茲）州的監獄塔中，並冠上了試圖搶奪女王星靈的罪名，成為惡貫滿盈的魔人。

——我沒打算說出真相。

他打從一開始就不打算涉入王室的鬥爭。

就算現任政權垮臺，改由太陽支配皇廳，對他來說也無關緊要。

自己在乎的就只有她（米拉）而已。而自己失去了她的信任，就只是這麼一回事。

而到了現在——

在過去的主角（薩林哲）沉默無語的俯視下，黑鋼後繼伊思卡與冰禍魔女愛麗絲，似乎即將步上相同的命運。

Chapter.6 「這是妳與我的扭曲決戰，或是兩人起誓的夜晚」

到底是什麼時候，又是基於什麼樣的原因。

我和妳的命運齒輪才會像這樣出了差錯？即便我們互為敵對，我也深信彼此存在著超越立場的共識。

現在也一樣。

為了奪回被魔女碧索沃茲抓走的公主（希絲蓓爾），我一路追趕到了這裡。

「我們會去救她（希絲蓓爾），妳們就離開宅邸，找個安全的地方藏身吧。」

「……我明白了。」

「如果這麼做能讓希絲蓓爾大人獲救，那我們願在今晚聽從各位的號令……」

少女隨從們離開了宅邸。

伊思卡讓米司蜜絲隊長、陣和音音看守崩塌在即的宅邸，單槍匹馬追蹤魔女（碧索沃茲）。

然而——

「愛麗絲，聽我說！」

伊思卡在扎人的寒風之中扯開嗓子吶喊。

星靈產生的大量寒氣，將田園地帶和車道都覆上一層冰，化為宛如溜冰場般的巨大銀盤。

「我是為了營救希絲蓓爾才跑來這裡的，我沒有說謊。」

「我不聽！」

金髮少女的回應，是混雜了抽咽聲的嘶吼。

「本小姐……本小姐親眼看見伊莉蒂雅姊姊大人遭到砍殺！而且女王陛下也受傷了！」

「……妳說什麼？」

「這是一場戰爭，會有人受到傷害是理所當然的事。然而，本小姐既然身為公主，就有必要為王室承受的痛苦展開報復！」

不能挾帶任何私情。

第二公主愛麗絲莉潔，不能聽信帝國人的話語。

「是你們帝國軍跨越了那道不該跨越的底線……戰爭已經無法阻止了，在其中一方化為一整片的火海滅亡之前，我是不會停手的！」

「…………」

僅僅過了幾個小時，一切都變了卦。

在聽到她（愛麗絲）嘶吼的當下，伊思卡便本能地明白，皇廳與帝國的戰爭不止陷入了最糟糕的狀態，甚至連「起源」都跟著惡化了。

這和一百年前──

始祖涅比利斯反叛的狀況相同。

而這也牽扯到兩人之間的關係──

甚至能追溯至首次見面的立場。

「妳說要抗戰到其中一國滅亡為止？愛麗絲，這真的是妳想要的嗎？」

「這是皇廳的總體意志。是本小姐一個人無法改變的結果。」

以冰牆隔開兩人的少女擦去淚水。

「我原本的最終目的是打垮帝國，但不打算做得如此澈底。我根本不想殺光帝國人，也不想將帝國變成一片火海……因為，這樣做不就變得和佐亞家一樣了嗎？」

爆發全面戰爭，並讓帝國滅亡──

就算真能達成目的，涅比利斯皇廳想必也是死傷慘重。無論是王室還是投入戰場的星靈部隊都不例外。

然而，命運的齒輪已經無法停下了。

「自從與你相識之後，本小姐明白帝國人之中也有明理人存在。即便是要打垮帝國，我也希望能儘量透過最少的衝突加以實現——可是！這一切都被你們帝國軍搞砸了！」

從愛麗絲全身上下竄出的星靈能源，在夜空中開出鮮豔的花朵。

這是決戰開打的信號。

「伊思卡，你最好要有殺死本小姐的心理準備，因為我沒有留手的念頭！」

黑鋼後繼伊思卡和冰禍魔女愛麗絲，展開了第二次決戰——

嘰嚓！

在伊思卡腳底閃爍光芒的銀盤，此時迸出了裂痕。

有東西要從裂縫中飛出來了？就在伊思卡擺出架勢後，打磨得宛如寶石一般的巨大冰「鏡」浮現於眼前。

矗立的八面冰鏡包圍住伊思卡，井然有序地占據了八個方位。

「冰做的鏡子？」

「我再說一次，本小姐這次絕不留情！」

這是首次看到的冰之星靈術。

……愛麗絲的力量固然出類拔萃，但冰之星靈的能力大都極為單純。

……不是用冰塊砸人，就是把人凍結起來……但這好像不太一樣？

這些鏡子的功用為何？

很難想像鏡子能具備多麼特殊的能力。鏡子終究是由冰所製成，既然能具備的力量只會與冰有關，那用星劍全數擊破才是上策；然而——

——「冰禍・沙塵埃渺光扇舞」。

光芒閃爍。

雖然只有短短一瞬，但伊思卡的眼角確實捕捉到鏡面發光的異狀。這和路燈的光芒不同，而這道散發著魔幻光彩的淡淡光暈正逐漸收攏。

星靈的光芒正被壓縮著？

音音和希絲蓓爾的交談片段，於這時浮上了心頭。

「這是怎樣……那不是電力，也不是燃料。如此強大的能量究竟……」

「『是星靈能源的光芒呀』！」

狩獵魔女的機兵「殲滅物體」。

他想起了機兵發動星體分解砲的前置動作。

「原來是這麼回事！」

閃光從八面鏡子中激射而出。

那並非冰塊，而是將星靈術的來源——星靈能量本身發射出去。

一道筆直的光芒撞上鏡子，反射成兩道光芒，並接連經由其他的鏡面反射、分裂，增幅光線的威力。

超過了一百道閃光，燒穿位於中央的標靶（伊思卡）。

——理應如此。

「你的直覺還是一樣敏銳呢。」

愛麗絲的讚賞絕非違心之論。

這也是在自我警告——提醒自己正在面對強大的敵人。

「這是本小姐的新招式。這個術式才開發到一半，連燐都沒見過呢。」

「……是我運氣好。」

以神速向後一跳的伊思卡，其臉頰垂落起紅色血珠。

就只差連一秒都不到的時間。

完完全全是比剎那更快的瞬間——伊思卡以沙塵埃渺（註：沙、塵、埃、渺皆為數量單位，渺為千億分之一，十渺為一埃，十埃為一塵，十塵為一沙）之差，先一步逃到八面鏡子的外側，躲到了閃光的攻擊範圍之外。

「要是打破鏡子的話，我就來不及躲了。」

「沒錯。本小姐以為，你一定會先選擇打破鏡子，因為這就是用來引誘你出手的陷阱。」

「……聽起來是專門用來設計我的招式啊。」

「我就是這個意思。對其他人來說，這種術式根本毫無意義。」

愛麗絲睜著紅腫的雙眸，筆直地看向伊思卡。

「在尼烏路卡樹海初次和你交手過後，本小姐就特別為你研發了這個術式；但在開發到一半的時候就放棄了。因為我覺得這種作法太過卑鄙……」

完全是用來反制伊思卡的戰術。

被這種詭異的冰鏡包圍時，其他帝國兵肯定會心存懷疑，選擇轉身逃跑吧。

但伊思卡不一樣。

他不僅不會逃跑，還會選擇深入敵陣。他肯定會仰賴驚人的機動力，將冰鏡一一擊碎。愛麗絲便是利用他的戰鬥習慣，待他靠近鏡子後，釋放出閃光將之燒殺。

無論是再優秀的劍士，也快不過光的速度。

……實際上確實如此。

……這若不是半成品，而是澈底完成的術式，那我可就危險了。

這個術在發動之前，有閃爍光芒的預兆。

所以伊思卡才得以察覺到星靈術的機關。若是精心調整過的術式，肯定不會留下光芒閃過一類的破綻。

「這和設下陷阱給你跳沒兩樣。既不能光明正大地打敗你，也不屬於本小姐原本的星靈術。我一直期盼，在決戰的時候，本小姐能使用本屬於我的一切進行戰鬥。可是，現在已經不是說這種漂亮話的時候了。」

「……妳真的變得不擇手段了呢。」

「我已經沒時間了！帝國軍現在也持續展開侵略，我必須守護皇廳才行！」

當面對不可饒恕的敵人——

那就不須在乎手段是否骯髒。就算是再不人道的戰術，愛麗絲也會毫不猶豫地執行。

只要是為了應當守護的王室和國民——

不論結果如何，第二公主愛麗絲莉潔或許都願意成為殘忍暴虐的化身吧。就算那並非自己的本意，她也義無反顧。

「伊思卡，用全力迎戰本小姐吧。就像在尼烏路卡樹海交手時那樣。我也會把你當成無名的帝國士兵，毫不留情地戰鬥。」

「唔，可惡——」

握住星劍的手加強了力道。

讓肌膚生寒的殺氣已經不容質疑。眼前的人物並非愛麗絲，而是帝國軍最為強大的威脅——冰禍魔女愛麗絲莉潔。

……這可不是在開玩笑的，我明明得趕去救出希絲蓓爾。

……卻偏偏得在這種情況下了結與愛麗絲的決戰嗎！

這是何等扭曲的命運。

第二公主愛麗絲莉潔擋在他面前，成了營救第三公主希絲蓓爾的障礙。

「讓開，愛麗絲！我現在還得趕路！」

「本小姐說過了，想通過的話就把我砍倒再說！就看你有沒有那個本事了！」

愛麗絲的身旁出現了冰之巨人像。

是打算增加棋子嗎？

就在伊思卡感到疑惑之際，巨人像抱起倒地不起的愛麗絲部下。與此同時，少女用力甩動王袍，張開了雙臂。

……巨人像是用來保護部下的。

……是打算使出大範圍的無差別冷氣攻擊嗎！

能聯想到的術式只有一個。

既是冰禍魔女這個俗稱的由來，也可以說是象徵的星靈術。

——「大冰禍」。

夜晚的空氣發出了哀鳴聲。無論是田園、路樹還是路燈的燈柱，全都被散發著魔幻色彩的白霧覆蓋。

「不妙」。

在夜色的掩護下，白霧變得極其難以辨識。愛麗絲便是看準這一點。即便這個術式曾被伊思卡躲過，愛麗絲現在也有「夜晚」作為同伴。

「唔！」

在不明白凍結範圍的情況下，他孤注一擲地向上一跳。

劈啪！

隨著凍結的聲響傳來，前所未有的強烈寒流席捲肆虐。

「…………」

伊思卡在「冰塊」上著地，而這裡位於地面約五公尺高的冰牆上頭。

再次過招之後，伊思卡又一次感受到全身發毛。

這簡直就是冰河時期。無論是田園、路燈還是翻覆在車道上的車輛，全都平等地凍結起來。

這裡倘若是戰場，恐怕連戰車和據點都會化為冰雕吧。

「果然被你躲過了呢。」

話語聲自身後傳來。

在挾帶冰雪寒風的另一側，站著被星靈光芒照耀的金髮少女。

「在尼烏路卡樹海被你躲開的時候，本小姐其實不怎麼驚訝。因為我內心深處一直抱持著『你只是運氣好』的念頭。」

少女站在冰之丘陵上。

那豔麗的嘴唇迸出雪白的吐息。

「到頭來，還真是被燐說中了呢。她老是對我嘮叨，說名為伊思卡的帝國劍士肯定會成為本小姐的威脅，所以絕對不能對你敞開心房。」

「就『威脅』這方面的意義上，我們是彼此彼此吧。」

「…………欸。」

冰之結晶緩緩地堆積在少女的肩膀上。

昂然而立的冰禍魔女愛麗絲莉潔繼續開口說道：

「你不斥責本小姐嗎？」

「嗯？」

「你要稱呼我為魔女也無妨。因為本小姐對帝國軍來說是敵人呀。而我已經向你宣戰了，所以就算你稱呼我為魔女，我也會坦然接受。」

「…………」

「已經無所謂了。就算被你這麼稱呼，我也——」

「愛麗絲。」

伊思卡出聲截斷了她的後半句話。

「妳的聲音在發抖。我不想聽妳故作剛強地嘲弄自己。」

少女睜大眼睛。

她的肩膀輕輕打顫，嘴唇也微微發抖。

「——」

「這樣做對誰都沒好處。我也……」

「別說了！」

這時，少女狂甩著頭髮高聲喊道。

她像是嘔著鮮血般，以嘶啞的嗓音喊著：

「求求你別這樣！別對我……別對我用如此溫柔的口吻說話。本小姐已經……已經沒有資格當『你』的勁敵了！」

少女強忍著屈辱。

浮現於眼角的小小水珠，在寒氣的吹拂下化為閃耀的冰粒散去。

——那是有如淚珠形狀的冰之結晶。

在風兒的吹動下，結晶一粒粒地向下墜落。

結晶滾滾落下，未有止歇的一刻。

「本小姐說什麼都得貫徹身為涅比利斯公主的身分！說什麼都得毀滅帝國！所以別再說了！忘記一切，和我一決死戰吧！」

少女咆哮。

悲傷的少女朝著伊思卡吶喊，表明了自己的戰鬥意志。

——「冰禍・千枚棘吹雪」。

在伊思卡的上空，無數冰劍在寒風中接連成形。

雖然同是在尼烏路卡樹海見過的術式，狀況卻大相逕庭。在深夜之中，要以視覺捕捉到冰之劍可說是極為困難。

……不行。雖然有心理準備，但這下真的沒辦法手下留情了。

……對手可是拿出真本事的愛麗絲啊！

他喝斥著自己。

要是不全力以赴的話就會沒命。對手就是如此強大的星靈使。

「伊思卡，放馬過來吧！」

像是在回應她的喊聲似的——

伊思卡衝向冰劍滿天的夜空。

冰劍從全方位襲來。不只是頭頂上方而已，就連前後左右都有如驟雨般飛來的冰劍，閃躲完全不是這個情況下能做的選擇。

在自己被擊敗之前，非得先一步打倒對方不可。

為了讓伊思卡作出這樣的抉擇，愛麗絲刻意選用了這個星靈術。

「喝！」

伊思卡握緊黑之星劍，將飛來的劍刃悉數掃開。

他跳過冰上的裂縫。

伊思卡如同貓兒一般，在沒有立足點的空中旋轉身子。他側眼看著劍刃擦過衣角貫串的光景，驚險地穿過劍陣。

「下面嗎！」

他一腳踢碎從腳下長出的冰之荊棘。

然後往前衝刺。

即使身在暴風雪之中，伊思卡也是眼睛眨也不眨地向前硬闖，像是在溜冰似的發足疾奔，前往被湛藍光芒包覆的她身邊。

「來吧，伊思卡，讓我們作個了斷吧。」

冰禍魔女愛麗絲莉潔向前伸出了雙手。

「無論是誰獲勝，都會讓這一切結束。我們的戰鬥將劃下句點，『並痛恨著強逼我們這麼決鬥的命運』！」

═══

混雜著冰雪的疾風四下狂吹。

第二公主愛麗絲莉潔的星靈所造成的大規模寒流，不容分說地將周遭一帶的景觀轉化為冰河期般的景色。

「…………」

超越的魔人薩林哲毫不在乎地承受著這股寒流，俯視著眼底的光景。

這是一座能遙望田園的小丘。

即便腳下的青草都被寒流覆上一層白霜，白髮壯漢仍然面不改色地穩穩踩著大地。

「星之命運啊，這就是你期盼的世界嗎？」

第二公主愛麗絲莉潔與帝國劍士伊思卡的決鬥。

目前帝國軍和星靈部隊依然在王宮上演著激烈的攻防戰。而兩人在檯面下所爆發的戰鬥，就只有自己在一旁觀看。

「……還是說，這也是你賜予人類的考驗？但這種魚死網破的戰鬥，根本無法締造出新的未來啊。」

薩林哲不明白兩人有著什麼樣的過節。

但他一眼就看出發生了什麼事。一模一樣——那是三十年前米拉蓓爾在女王謁見廳看著自己時所露出的表情。

「王室會重蹈覆轍……嗎……」

——為什麼我們只能以如此殘酷的方式結束彼此的關係？

即使對著星星帶來的命運重重嘆息、感到不知所措——

少女還是不被允許在公主的身分上止步不前。懷著「守護皇廳」的命運誕生的少女，無論是在過去還是現在，都遭受著星之命運的戲弄。

「……看不下去了。」

他轉身背對眼底下方的戰鬥。

即將分出勝負。

最多不會超過幾分鐘的時間——兩人賭上性命的神情這麼宣告著。然而，無論是哪一方倒地，又是哪一方站到了最後，結果還是不會有任何不同。

在這一戰存活下來的，並不是贏家。

倖存者亦是輸家。

因為結果是一無所得，殘存下來的只有無盡的空虛感。換句話說，在這場戰鬥開打的瞬間，雙方就等於都成了輸家。

「輸給了命運」。

就像三十年前的公主和自己一樣。

「……看不下去了。」

他在感到有些焦躁的同時出聲低喃。

超越的魔人薩林哲，轉身背對起兩人即將分出勝負的決鬥。

＝＝

——這就是最後一回合了。

冰之劍撕裂漆黑的夜色，無盡地傾注而下。

劍刃的數量多達一千。

在死亡驟雨的追趕下，伊思卡筆直地朝著金髮少女衝了過去。

「『冰花』！」

愛麗絲打直雙臂吼道。

她腳下的銀盤崩裂，宛如植物般長出一朵巨大的冰花化為她的盾牌。這是少女星靈的象徵「冰花」——就連始祖涅比利斯的星靈術都能擋下的無敵盾牌。

她打算在擋下星劍後進行反擊？

就在伊思卡尋思之際，花朵的中心處大大地隆起。

「那是花朵的種子」。

種子約有拳頭大小，美麗得宛如通透的水晶。唯一的一顆種子受到了冰花花瓣的包覆，其散發的光芒正不斷加劇。

光芒正是來自於種子內部。

「這光芒是！」

「唯有在展開冰花的時候，星靈會躍出人類（本小姐）的肉體，轉移到這顆種子上頭。」

以兩手架起盾牌的愛麗絲這麼回應：

「因為這顆種子就是我的星靈。」

「……原來如此。」

就連伊思卡的星劍都曾被冰花擋下過。

星劍能斬斷的，終究僅限於星靈能源。由於愛麗絲的冰花是星靈本身，因此星劍無法將之一刀兩斷。

「本小姐沒打算隱瞞你任何事情。因為這真的是最後一擊了……！」

種子散發出光芒。

冰花——也就是星靈本體所能產生的能源極為龐大，想必不是八面冰鏡所釋放出的能量能比得上的。

光芒劇烈膨脹——

伊思卡高舉星劍；而在同一時間，冰花射出了驚天動地的強烈光束。

那是一秒、一瞬或剎那等時間單位都無法比擬的「同時」。

然後——

冰花的閃光，射穿了伊思卡斜後方的遙遠黑夜。

…………

…………………………咦？

別說沒命中了，甚至連衣服都沒擦到一點，完全是胡亂瞄準的光束射擊。

難道說第一發只是虛晃一招，第二發才是來真的？

他看向架著盾牌的愛麗絲的眼睛，然後明白了理應瞄準自己的閃光會射偏的原因。

是故意射歪的嗎？

不對。

冰禍魔女愛麗絲莉潔是認真的，她是真心瞄準著自己發射光束的。

但沒能打中。

「…………」

「怎、怎樣啦，伊思卡，你怎麼了！為什麼停下來不跑了！」

受到冰花守護的愛麗絲，在察覺到自己停下腳步後這麼喊道。

伊思卡沒有回話。

他在即將踏入攻擊範圍前的位置停下腳步，與愛麗絲面對面。

「我、我要發射囉！就算你一副沒防備的樣子，本小姐也真的——」

「妳打不中的。」

「唔！」

「『妳那樣的眼睛』，根本看不清楚我的身影吧？」

冰禍魔女愛麗絲莉潔——

她的雙眸被涔涔落下的眼淚遮蔽了視線。

眼前一片朦朧的她，根本看不清事物。就連伊思卡的身影，在她的眼裡也只是一團霧氣。

她的眼瞼在不知不覺間變得又紅又腫——

在寒流的影響下，淚水化為冰粒向下掉落。即使如此，雙眼仍然止不住淚水，在眼角宛如湧泉般造出大顆水珠。

「……………唔……嗚……」

少女的抽泣聲滲入了風中。

原本顯現於雙手的冰花，也像是被解開了線頭般逐漸消失。

這是因為持續釋放過於強大的能源，使得星靈必須回到主人愛麗絲的體內，重新補充被消耗掉的能量。

「……我們停手吧。」

伊思卡雙劍回鞘，並且這麼宣布道。

已經夠了。

他已經知道，從這一瞬起，這就不是他倆所期望的聖戰了。

「我就直截了當地說吧。我不想和被憤怒沖昏頭的愛麗絲交手。現在並不是我和愛麗絲開戰的時候。」

「……嗚，這種小事——」

金髮少女繃著臉說道：

「這種小事我也明白！可是，我已經說過很多次了吧，我無法原諒帝國軍呀！」

「說起來，這根本就是妳誤會了。這並非完全出自於帝國的陰謀。抓走希絲蓓爾和勾結帝國軍的人，和愛麗絲一樣都是始祖的後裔，其中一人還是愛麗絲的姊姊第一公主伊莉蒂雅。」

「……姊姊大人是犯人……？」

「希絲蓓爾是這麼說的。那是在妳離開別墅後不久的事。」

那是發生在愛麗絲離開別墅後——

休朵拉家當家塔里斯曼發起襲擊之前。

「我剛才……明白了……」

「皇廳裡的背叛者就是伊莉蒂雅姊姊大人……不會錯的，姊姊大人就是企圖反叛女王的幕後黑手！」

「妳連妹妹說過的話都不相信嗎？」

「才不是呢！我無法相信的……是轉述希絲蓓爾話語的你！」

愛麗絲握緊拳頭。

「關於姊姊大人是否和軍事政變有所牽扯，本小姐也一直有所懷疑……但我親眼看到，伊莉蒂雅姊姊大人挺身保護瀕死的女王陛下的那一幕！」

「那這就更可疑了。因為——」

「在看過那一幕後，我哪還能懷疑姊姊大人——」

「『聽我說』！」

「——噫！」

愛麗絲輕聲發出了悲鳴。

「她頭一次惹別人生氣」。

這種從未體驗過的恐懼，讓少女抽搐著身子安靜下來。

迄今除了女王之外，還沒有人敢對身為公主的愛麗絲莉潔發火。而女王就算有動怒的時候，也只會冷靜地叮嚀幾句。

所以，這是有生以來頭一遭。

被少年認真動怒的嗓音一吼，愛麗絲這才明白什麼叫做「惹人生氣」。

「…………」

「愛麗絲，聽我說。」

他對著雙眸散發著怯意的少女說道：

「露家的別墅已經在休朵拉家的襲擊下毀了。喬裝成帝國士兵的軍隊也是休朵拉家派來的刺客，而他們全都是聽從當家的命令行事。」

「……當家……」

「暴虐的塔里斯曼。他利用波動的星靈能源提升身體能力進行戰鬥。我說的這些應該都沒錯才是。」

「…………」

愛麗絲的沉默成了回答。

帝國人伊思卡知曉純血種的星靈。這樣的事實，應該能作為當家塔里斯曼襲擊露家別墅的佐證之一。

「……本小姐也……」

一直沉默不語的愛麗絲，吐出了柔弱的嘆息。

「本小姐也……知道你不是那種會撒謊的人。可是……」

「可是？」

「我沒辦法作出判斷呀！因為不管是塔里斯曼卿的名字還是星靈，都可能記載在帝國軍執行這次計畫的資料上頭。要是我拿這件事去質詢塔里斯曼卿，他肯定會這麼反駁的吧！」

「帝國人伊思卡的口信不能當作證據。」

「小愛麗絲，妳難道會相信帝國人撒下的漫天大謊？妳不相信同爲王室同伴的我，而是相信他嗎？」

她缺乏回擊這番辯駁的證據。

露家的別墅毀了。

能在瓦礫底下搜出的物證，應該也都是帝國製造的槍枝或裝備吧。與其說是出自休朵拉家的攻擊，這些物證更能證明是帝國軍發起的襲擊。

……她說得沒錯。

……除了希絲蓓爾的燈之星靈，我們根本沒有辦法證明他們襲擊露家。

所以希絲蓓爾才會被他們盯上。

當家塔里斯曼親自絆住伊思卡，甚至出動魔女碧索沃茲，對別墅進行澈底的破壞。

「……本小姐……搞不懂啦……」

少女的眼眶泛淚。

內心動搖不已。

她不認為伊思卡會撒謊，但自己也是親眼見識了帝國軍的破壞和暴行。

她不懂哪一方才是真相。

「希絲蓓爾不是被抓了嗎？既然這番話是出自沒能守住我妹妹的帝國士兵之口，身為公主的我就無法聽信你的證詞。」

休朵拉家的信譽屹立不搖。

在女王遭帝國軍斬傷的現在，全涅比利斯王宮都不會有人相信帝國人（伊思卡）的話語吧。而愛麗絲也不例外。

「老實說……我根本不想懷著這樣的心情和你戰鬥！我很希望能找到一個能讓我們即刻停戰的理由，但怎麼找也找不到呀！」

愛麗絲按住眼瞼。

她以指尖擦去從眼角滲出的淚水，在冰雪飛舞的風中凝視著伊思卡——

「……咦？」

愛麗絲像是看傻了眼似的半張著嘴。

「伊思卡，那是什麼？」

「什麼……呃，這是怎麼回事？」

被愛麗絲伸手一指後，他才終於察覺。

自己的手腕部分，附著了極為少量的星靈之光。這道光芒實在過於微弱，因此剛才忙著應付緊急狀況的他才無暇察覺。

……灰色的光芒？這不是愛麗絲的星靈。

……那會是誰的星靈術？

是詛咒一類的東西嗎？

但就算附著在肌膚上，他也完全察覺不到任何異狀。哪怕只會帶來一絲絲的痛楚，伊思卡也會在百忙之中發現有異吧。

「難道說……」

迄今依然一臉訝異的愛麗絲，踩著搖搖晃晃的腳步走近。只見附著在伊思卡肩上的光芒有了反應，變化成蝴蝶般的外型。

那是一隻由光芒構成的蝴蝶。

「果然是『共鳴』！是尤米莉夏……在我家別墅工作的女生的星靈。你對她做了什麼？」

「我嗎？就說是妳誤會了，我什麼也沒做，那位隨從應該也平安無事。」

被魔女碧索沃茲襲擊的尤米莉夏也毫髮無傷。

五名隨從全都逃出古堡。

「我不是在質疑你啦。她的星靈所擁有的，是留言的能力……」

「留言？」

「她能將碰過的對象變成傳話人，並傳達自己的留言。你應該被尤米莉夏觸碰過了吧？」

伊思卡能想到的，就是僅僅一度的接觸。

也就是在逃出別墅之前，與她說好要營救希絲蓓爾的時候。

「我們會搶回希絲蓓爾，一言為定。」

伊思卡撿起匕首，交付在少女的掌心中。

「要是辦不到，就拿走我的命吧。就是要拿這把匕首將我大卸八塊，我也會坦然接受。」

伊思卡觸碰了尤米莉夏的手。

看來隨從是趁著那個機會，悄悄將星靈術施放在伊思卡手上的。

「……伊思卡，我不會動手的，讓我靠近看看。」

伊思卡沉默地點點頭。

因為他看見愛麗絲身上不再散發出星靈之光。她這是在展露「就算接近到身邊也不會出手襲擊」的誠意。

「露家所聘僱的隨從可都是些一流人才。那五人雖然都不擅長戰鬥，但都寄宿著能應對緊急狀況的星靈。」

「這個叫『共鳴』的玩意兒也是其中之一？」

「沒錯。若不是被指定的對象觸碰就不會發動。」

愛麗絲伸出手。手指之所以微微顫抖，是因為她內心正進行著伊思卡所不知的天人交戰吧。

然後，她觸碰了光之蝶。

「愛麗絲大人、希絲蓓爾大人、伊莉蒂雅大人，又或者是女王陛下。」

以主子為對象的「留言」。

僅在擁有露家血統的四人之一觸碰時，才會播放這段留言。

「小的在此報告。我等隨從願意向王室發誓，以下話語全都是出自肺腑。」

「此次的帝國軍侵略事件，並非完全出自帝國軍的陰謀。」

「軍事政變的幕後黑手是休朵拉家。」

這並非是受到帝國軍（伊思卡等人）威脅所道出的話語。

若是要威脅她們作偽證，只需要用上錄音帶即可。但她不惜向伊思卡等人暴露自己的星靈，也有必須訴說的留言。而這樣的行為——

足以證明尤米莉夏說的句句屬實。

「塔里斯曼當家冒充帝國士兵襲擊宅邸，將宅邸破壞殆盡。而小的要在此致歉，希絲蓓爾大人之所以被抓，全是因爲小的辦事不力。」

「『眞正的帝國士兵』不僅拯救了我等，還願意出面營救希絲蓓爾大人。」

「還請您們對那四人從寬以待……」

這只是露家單方面的目擊證詞。

就算在王室的異端審問會上拿這段留言逼問休朵拉家，其公信力也不足以讓塔里斯曼當家名譽掃地。

然而——

對露家的公主來說，隨從的真心話已能作為十足可信的證據了。

「…………」

光之蝶緩緩起飛。

在完成共鳴的任務後，一隻蝴蝶消失在漆黑的夜色之中。第二公主愛麗絲莉潔，僅能看著牠消失無蹤。

過了不久——

「…………這樣呀……」

原本義憤填膺的愛麗絲，隨著這句話徹底洩了氣。

「到頭來，你……說的都是對的呢。是本小姐被耍得團團轉呢……」

一切都是一場鬧劇。

帝國軍的侵略源自於休朵拉家暗中牽線，伊思卡一行人反而才是為了守護她心愛的妹妹而賣力迎戰的那一方。

就算女王遭人傷害，也該將矛頭對準太陽才是。

——沒有戰鬥的理由了。

就算襲擊王宮的是正牌帝國軍，也和眼前的他毫無瓜葛。愛麗絲總算能相信她所聽到的這一切了。

然後——

「對不起、對不起、對不起……！」

少女坐倒在冰之銀盤上放聲大哭。

一度險些止住的淚水，在這時像是潰堤般泉湧而出。混雜著抽泣和咳嗽聲的這段話語，柔弱得像是隨時要消散在空氣中似的。

「……本小姐……真的……很想守護這個皇廳和家人……可是，為什麼我…………要對你做如此齷齪的行為……」

她哭得梨花帶雨。

少女身上沒有能夠護身的東西，哭成淚人兒的她連前方都看不清。

倘若——

少年抱有敵意的話，要對這毫無防備的魔女揮下刀刃肯定是輕而易舉。而她想必也會心甘情願地接受吧。

然而少年的反應是——

「愛麗絲，站起來。」

光是這一句話，就讓被點名的少女震顫了一下。

「比起向敵人（我）道歉，妳還有更該做的事吧？」

「……咦？」

「妳打算拿被抓走的妹妹怎麼辦？要棄之不顧嗎？」

對於仰首望來的少女。

伊思卡只是「一味地出口訓斥」。

「對帝國人（我）來說，皇廳不管變得如何都無所謂，女王出了什麼事也與我無關。然而，我說什麼都不能棄希絲蓓爾於不顧，也打算去救助她。」

「…………」

「愛麗絲，妳打算一直坐在這裡嗎？那我就先走了。」

既不說些好聽話，也不打算伸手拉她一把。

兩人「並不是那樣的關係」。

「……你真嚴厲呢。」

有那麼一瞬間，愛麗絲自嘲地輕笑一聲。

她以指尖擦去淚水，靠著自己的雙腳站起身。雖然腳步有些不穩，還是努力表現出公主應有的氣質與舉止。

「眼前明明有個女生哭得這麼難過，你不但沒開口安慰，也沒協助她起身。帝國人還真是野蠻呢。」

「妳要對我感到失望也無妨。不過——」

「『謝謝你』。」

少女的吐息拂過自己的頸脖。

發生什麼事了？

在伊思卡反應過來之前，愛麗絲宛如絲綢般的金髮已輕柔地觸碰他的鼻頭。

而胸膛則是感受到柔軟肌膚的觸感。

「謝謝你……仍願意將我視為勁敵……你是願意保持原本的關係，才會用對等的立場對待我的吧？」

這並不是擁抱。

只是將身子暫且寄放在他身上，並將雙手環過他背部而已。

沒錯。

這絕對不是別有意圖的行動，也沒有索求任何東西。

「……愛麗絲？」

「————」

觸碰彼此的時間僅短短數秒。

在伊思卡明白是怎麼一回事之前，美麗的魔女公主已經抽開身子，將目光別開。

命運（趨勢）就此改變。

糾纏著過去的主角（薩林哲）和公主（米拉）的命運。

歷史並沒有重演。如今，星之命運在此地宣告了「世代交替」的到來。

若要說原因為何——

三十年前的兩人，都只能在戰鬥中表現真正的自我。兩人過於高傲的自尊，不允許更進一步地縮短彼此的距離。

抑或是，他們需再多一點點共處的時間，就能來到「相互觸碰的距離」。

但伊思卡和愛麗絲則是——

「你喜歡吃義大利麵嗎？」

「伊思卡，你爲什麼喜歡這個畫家？」

「本小姐既然身爲你的勁敵，就應當有知曉你一切的權利！」

「兩人相互觸碰了」。

這與強弱或人種無關。

黑鋼後繼伊思卡和冰禍魔女愛麗絲即便扣除戰鬥，還有了解彼此各個方面並認同對方價值觀的時間。

一次次的相遇——

一次次的擦身而過——

就算想分開也無法分離——

比任何人都還要接近的這段距離，將兩人在最後關頭拉了回來。

「……本小姐要再次道歉。對不起。」

愛麗絲緊咬嘴唇，而她腳底下的冰層則逐漸融化。

巨大的冰牆融化殆盡，夜晚的田園也漸漸恢復成原本的樣貌。

「本小姐痛恨著襲擊王宮的帝國軍，也絕不饒恕砍傷了女王大人的使徒聖……不過，我再也不會將這股難堪的情緒發洩在你的身上了。」

「希絲蓓爾要怎麼辦？」

「本小姐要去追查休朵拉家，那邊說不定還留有證據……我希望你能和那幾名隨從待在一起。至於別墅實在太危險了，你就暫時離遠一點吧。」

愛麗絲轉身向後。

因為響亮的警笛聲響徹了夜晚的車道。

「我拜託燐呼喚的醫療小組似乎要抵達了呢……好了，你走吧。我不想被人看見和你獨處的樣子。」

「我知道了。」

「……伊思卡。」

「嗯？」

「我還是覺得，能喜歡你真是太好了。」

在展露出撥雲見日的笑容說出這句話後——

愛麗絲隨即察覺失言，慌慌張張地更正道：

「不、不是的，本小姐不是『那方面』的意思，而是指對你抱持著身為勁敵的好意！你……你為什麼要傻愣愣地張著嘴呀！現在在講很重要的事耶！」

「那是我的錯嗎！」

他當然也明白「是那麼一回事」。

然而，不知為何，伊思卡不能明白心臟怦怦直跳的理由。

明明彼此是敵對的立場。

明明才和這名「魔女」進行過一場激烈的死鬥，但她這一句話……

——為何讓我如此心神不寧？

彷彿——

被下了真正的迷魂魔咒似的。

「……我還以為那是愛麗絲新發明的圈套，害我差點就要備戰了。」

「你、你很沒禮貌耶！賣弄色相這種不知羞恥的行為，哪是本小姐會做的事呀……！哎喲，真是的，你快點走啦。伊思卡，你這次撿回一條命了呢。下一次就會是貨真價實的決鬥，你可要給本小姐記住了！」

愛麗絲甩動王袍，逕自轉身向前跑去。

彷彿是在掩飾自己紅得發燙的臉頰似的。

「下一次……嗎？」

總有一天——

就算星之命運有所改變，兩人要分出高下的意志也絕不會動搖。無論是伊思卡或是愛麗絲，都如此堅持。

但那並不是現在。

會有那麼合適的一天，讓兩人發起決定一切的聖戰。

心有靈犀的兩人，朝著相反的方向邁步奔出。

冰禍魔女愛麗絲，前往戰火未歇的涅比利斯王宮。

黑鋼後繼伊思卡，則是前往同伴們等候的郊區。

另一方面——

兩人還不曉得。

迄今仍在交戰的涅比利斯王宮，發生了更為詭譎的一場異變。

Epilogue.1 「黎明來臨前最為昏暗的時刻」

黑鋼後繼伊思卡與冰禍魔女愛麗絲再度交手。

而就在同一時間——

「妳難道不曉得嗎？在太陽隱沒的夜晚，總是有月亮在把關啊。」

涅比利斯王宮的腹地內——

這裡是未被帝國軍的砲火波及的樹林。在風聲嘈雜的森林外圍，一名坐在輪椅上的老者正受到月光照映。

他推著嘎吱作響的輪椅前行。

「這可真是奇了。受到異端審問，理應待在大牢裡的小丫頭，為何會趁著帝國軍襲擊的時候逃出監獄呀？」

「…………」

「況且，妳居然還揹著露家的第三公主。」

Epilogue.1　「黎明來臨前最為昏暗的時刻」

佐亞家當家葛羅烏利。

在使徒聖無名造成的肩傷尚未治療的狀態下，這名頑強的老人仍離開了月之塔來到室外。

「我說小丫頭啊，妳是叫碧索沃茲來著？」

「啊～糟糕，被發現了啊。」

罩著一件外套的紅髮少女伸了伸舌頭，做了個鬼臉。

她背上扛著露家的第三公主希絲蓓爾。也不曉得是不是被下了安眠藥，即使兩人進行著這段對話，她也沒有睜眼的跡象。

「這可真是意外的巧遇呢，老爺爺。我還以為您跑去痛宰那些侵門踏戶的帝國軍了呢。」

「這倒是沒漏做。」

在老者背後，涅比利斯王宮現在依然被火星包圍。

雖然帝國軍開始有撤退的跡象，但老者對他們的行動沒有絲毫興趣。

「老夫讓罪之星靈前去追擊使徒聖了。身為當家，老夫自然會顧及自身立場做好自己應有的本分。」

「哦？意思是？」

「妳以為瞞得過老夫的眼睛嗎？」

老者發出嘶啞的笑聲。

兩者之間的距離大約是五公尺左右，而老者指向站在不遠處的紅髮少女。

「放帝國軍進來的是妳的主人（塔里斯曼）吧？」

並這麼宣告。

「之前的女王暗殺計畫也是你們搞的鬼吧？太陽總是在檯面下活動，但因為狐狸尾巴鮮少外露，所以老夫就一直當作沒看見。不過，這下妳抓走第三公主的行為可就成了鐵錚錚的證據，也不枉老夫在這裡吹著夜風枯等。」

「哦？老爺爺，您都這把年紀了，想不到還挺中用的嘛。」

碧索沃茲背著希絲蓓爾，看似愉快地拋了個媚眼。

在搬往太陽之塔的過程遭到目擊明明是難辭其咎的狀況，她卻像在享受這股緊張感一般。

「佐亞家的所有人都知道這件事了嗎？」

「多餘的猜測會引發混亂，待老夫制住這裡後再公布也不遲吧？」

「原來如此。所以老爺爺您是一個人找到這裡來的呀？人家雖然對您有些刮目相看，但這可真是諷刺。這世上有些事情還是不知道比較幸福喔。」

「這話是指妳變成異形一事嗎？」

「…………」

「老夫聽說過異端審問的盤查內容了。聽說在第八州襲擊希絲蓓爾的妳，似乎變成不似人類的模樣啊？」

碧索沃茲現在罩著一件深色外套。裸露在外套底下的雙腿雖然雪白美豔，但這仍是屬於人類肌膚的顏色。

這名老者還不曉得碧索沃茲會變身成什麼樣的怪物。

——變給老夫看看啊。

月亮家的當家葛羅烏利話中有話地挑釁著對方。

「大概是年事已高的關係，老夫變得相當多疑。倘若不是親眼所見，就無法相信哪。妳若不想變的話，老夫也不會勉強妳，但妳以為自己逃得過老夫的手掌心嗎？」

「真是個可憐的老爺爺。」

魔女嬌聲輕笑。

「您居然這麼想退休呀？但不巧的是，人家還得忙著為希絲蓓爾小妹代步，所以就幫你安排另一名對手吧。」

「唔？」

「『那是比人家更為恐怖的魔女』。」

唰！

一道溫熱而黏膩的風，使得周遭的林木沙沙作響。

那就像是瘴氣——在遠古被視為帶有不淨之物的「邪惡空氣」，而如今則是被視為傳說中的毒氣。受到這陣風吹拂的葛羅烏利當家，不禁汗毛直豎。

「什麼！」

老者轉過輪椅。

嘻嘻、嘻嘻、嘻嘻……

不曉得出自何人之口的美豔嬌笑，在這座樹林裡層層交響了起來。

「再見啦，老爺爺。但我們應該是不會再見了呢。」

揹著希絲蓓爾的碧索沃茲蹬地一衝。

她以難以想像揹著一個人的速度揚長而去，但老者並沒有出言斥責。

老者沒有餘力追趕碧索沃茲。

襲捲這一帶的魔性之風與嬌笑聲，讓他全身上下都起了雞皮疙瘩。

——有東西要來了。

年過七十的純血種老將，察覺到來者是不曾在任何戰場上遭遇過的強大威脅。

「這妖氣非比尋常……來者何人！」

有人蹬了一下地面。

在身後嗎？葛羅烏利當家強行扭轉輪椅仰望頭頂——因為照映著自己的月光遭到遮蔽。

是在上面嗎？

老者仰望月亮，而那玩意兒則飄浮在空中，阻礙月光的照射。

——適合型・神星變異「[redacted]莉[redacted]」（俗稱實驗體「E」）。

漆黑的禮服。

禮服充斥著近似濡羽色的黑色星靈之光，並逐漸覆蓋住月亮的光芒。雖然能窺見妖豔得恐怖的美麗女性胴體，輪廓卻有些模糊。

因為對方的肌膚呈現深黑色，就像是塗上了一層影子似的。

那玩意兒就只有雙眼閃爍著宛如星星般的光彩。即使強如葛羅烏利，也只能愣愣地抬頭仰望，而那正是超越人類所能理解的一頭怪物。

「……魔女……嗎……」

這不是在指稱星靈使，而是為世界帶來厄災的惡意象徵。

沒錯。第三公主希絲蓓爾正是因為曾經目擊過這頭怪物，才會害怕得不敢踏出房門一步。

而如此充滿了未知的怪物——

『啊啊，真可惜。**聲音**又走調了呢。』

「……什麼？」

『距離完全完星還遠得很，因為我和星靈還不夠親近呀。』

雙重聲帶。令聽者無一不著迷的美麗女聲，和詭譎莫名的怪物嗓聲疊合在一起，化為混沌的聲響。

『世人啊，一同仰望吧。』

遮擋月光、飄浮在空中的黑色魔女張開了雙手。

就像是歌劇院舞臺上的歌手一般。

——『我會讓你們聆聽星之鎮魂曲。』

數小時後。

行經此地的星靈部隊，只找到葛羅烏利當家的輪椅。

＝＝＝＝

朝陽升起。

傳遍涅比利斯王宮的快報，讓所有家臣和士兵們為之震撼。

徹底靜養一名。

——女王米拉蓓爾・露・涅比利斯八世（性命並無大礙）。

失蹤者三名。

——露家第一公主伊莉蒂雅・露・涅比利斯九世（遭帝國軍綁架）。

——露家第三公主希絲蓓爾・露・涅比利斯九世（於露家別墅遭帝國軍綁架）。

——佐亞家當家葛羅烏利（完全成謎，徵求目擊證詞）。

Epilogue.2　「少女向百億繁星許願」

那是一整面的白色。

白色油漆不容許些許髒汙存在，塗遍了地板、天花板和牆壁。而讓自己睡在上頭的床鋪也是白色的。

「……這裡是哪裡……好痛！」

在坐起身子的同時，後腦勺傳來一陣劇痛。

她戰戰兢兢地伸手撫摸，感受到一塊小小的腫包。大概是有東西砸到頭，才會導致自己失去意識了吧。

「伊思卡？」

她怯生生地呼喊的名字，只在房裡空虛地迴蕩了一陣。

「……米司蜜絲隊長？音音小姐？陣？」

護衛自己的帝國部隊人在哪裡？

為了躲避塔里斯曼卿私人部隊的追捕，她在露家的別墅拚命地逃跑；她卻對這之後發生的事情失去了記憶。

「唔，怎麼會？」

第三公主希絲蓓爾在環顧房間後，不禁倒抽了一口氣。

「房間裡沒有門」。自己到底是怎麼被帶進這間房裡的？是某種星靈術所為？還是某處存在著密門？

「…………」

不安的念頭逐漸變得真實起來。

伊思卡等一眾帝國部隊不在這裡。自己被孤伶伶地丟進房裡，而且房間還不存在用以出入的門扉。

這樣的狀況只能推導出一種可能性。

「……我……被人抓走了嗎……」

根據記憶所及，嫌犯就只有休朵拉家這一可能。

這裡恐怕是太陽之塔的某處。就算存在著其他王室成員所不知曉的幾間密室，也不是什麼值得大驚小怪的事。

然而，他們究竟是出於何種目的而綁架自己？

一旦動用燈之星靈，就會讓休朵拉家是女王暗殺計畫的主謀一事曝光。他們肯定將她視為一大威脅。

是要滅口嗎？不對，倘若真的要滅口，就沒必要將自己關進這種密室之中了。

是要拿來作為對付露家的人質嗎？

還是說，對方打算開出條件籠絡自己，藉此利用燈之星靈的力量？

「少開玩笑了，我豈會屈服於你們之下！」

無論再怎麼大吼，嗓音也只會在牆壁之間迴盪。

即使心裡明白，希絲蓓爾仍扯開嗓子，就像是在激勵幾乎要屈服在恐懼之下的自己。

……不可以認輸，希絲蓓爾，快鼓起勇氣！

……對我來說，這已經不是第一次的體驗了吧？

她過去曾有過相似的經驗。

當時的她不僅遭到抓捕，還得天天與判處極刑和遭受凌辱的恐懼作伴。若是和當時相比，現在的狀況根本就沒什麼好怕的。

「———」

她按住胸口，平復心情。

快回想起來。當時有人對絕望的自己伸出援手。那是一名將自己「從帝國軍方的牢獄解救出來的荒唐帝國士兵」。

「安靜一點。我這就把妳放出去。」

「爲什麼……你要……讓我逃跑……？」

從那一刻開始她就深信不疑。

現在也一樣。她有十足的把握——不管陷入再糟糕的絕境，第九〇七部隊（他們）也絕對不會拋下自己不管。

「……我若是不相信他們的話，那還像話嗎！」

她用力抓住衣物下襬。

顫抖著肩膀，咬緊嘴唇。

「引導這顆星球的無數繁星啊，拜託你們。」

向星星許願。

如果祈禱蘊含著實現的力量，那自己就願意獻上無數次的祈禱。

「拜託你們，讓我的聲音傳遞到第九〇七部隊（那些人們）的身邊吧……！」

後記

星之命運帶來的究竟是訣別，還是……？

感謝各位購買了《這是妳與我的最後戰場，或是開創世界的聖戰》（這戰）第七集。

從第一章開始，就是火力全開的大混戰（戰鬥）篇，不知各位是否滿意？

這一集的主題是「世代交替」。

在帝國與皇廳的精銳們擦出火花的同時，一把刀刃逼近到女王面前——

涅比利斯皇廳這個國家即將迎來變革，而皇廳與帝國之間的關係，恐怕也會出現驚天動地的變化。

而更重要的是——

女王米拉蓓爾和超越的魔人薩林哲這對舊時代的兩人所面臨過的命運，新世代的伊思卡和愛麗絲將會如何面對……這次的故事若能讓大家看得開心，就是筆者的榮幸。

不過，這裡必須提及一個插曲——

在談到本集的內容之前，有件事必須說在前頭。

……呃，也就是……

…………

這次延後出書，真的非常抱歉！

由於筆者花太多心力構思《這戰》的後續發展，才會懷著苦澀的心情延後上市。而細音我也收到了多方人士的關懷，擔心我是不是身體出了狀況。讓這麼多人等待許久，真的讓我感到十分抱歉。

就結論來說，細音我目前還活蹦亂跳的。

如今我已經幾乎完成《這戰》第八集的原稿。由於第七集讓各位等太久了，希望今後能多發布些振奮人心的消息給各位。

那麼、那麼。

將話題拉回本篇的內容吧。

除了伊思卡與愛麗絲，以及女王米拉蓓爾與超越的魔人薩林哲過往的故事之外，本集的另一個重點，便是純血種對上使徒聖的精銳高手之戰。雖然第七集的上市讓各位等得有些久，但細音我也認為，若能因此將情節安排得充實緊湊的話，也未嘗不是一件好事呢。

這次有許多橋段都是我個人精心設計過的呢——

純血種琪辛與冥雖然像一場破壞王之爭，但不僅與死線相鄰，也有華麗的場面。

葛羅烏利當家和無名則是在兩位當事人沒察覺的情況下觸及了「世代交替」的主題，給人歷戰強者的印象。

帝國與涅比利斯皇廳的正義——

第七集雖然大都聚焦在守方——也就是皇廳方身上，但帝國方也有不容退讓的尊嚴，我一直很想將這樣的價值觀塞進冥或無名等人的戰鬥互動中，而這也是細音我準備已久的一個章節。

而兩大國家的新仇舊恨——

最後則是收束於伊思卡和愛麗絲的命運（愛）上頭。第七集若有給人象徵了《這戰》通篇的主旨，那我會感到很開心的。

而第八集我也會全力執筆。

或許會於冬季上市吧（註：本文指的是日本販售的狀況）。

皇廳動盪篇即將邁向最終局面（最高潮），下一回除了戰鬥之外，情愛場面預計也會大幅增加（？），敬請期待喔！

▼補充

在舊時代的兩人（米拉和薩林哲）的章節，其實除了兩人的相遇之外，我還想寫很多不為人知的小故事……真希望哪天能以外傳的形式出一本書呢！

那麼、那麼。

劇情回顧就先到這裡，接下來是形形色色的通知時間。

下個月（十月）的「Fantasia文庫大感謝祭」活動會在東京秋葉原舉辦，而筆者則有幸受邀舉辦簽名會！

▼「Fantasia文庫大感謝祭２０１９」簽名會

於十月二十日（週日）舉行。

活動會場為「Bellesalle秋葉原」（出秋葉原車站後很快就能走到）。

而且也決定在Melonbooks秋葉原一號店進行名額抽選！

在這本書上市時，Fantasia文庫或細音我的推特上應該已經發布更為詳細的訊息。我雖然已經多次受邀舉辦簽名會，不過我其實是首次參加由主打奇幻作品的出版社所主持的簽名會，所以細音我也相當期待。

還有、還有！

這次因為是Fantasia文庫大感謝祭的活動，所以當天的活動會場也會展示和販售《這戰》的周邊商品。各位若是有空，歡迎過來玩玩喔！

▼《這戰》漫畫通知

目前於《Young Animal》雜誌連載中（由okama老師繪製）。

漫畫版的第二集也於前些日子上市了。這一集收錄了小說第一集的高潮部分，而連載的最新進度則是進入了小說第三集的開頭。

倘若各位願意拿漫畫和小說交互享受閱讀的樂趣，我會感到很開心。

另外還有與《這戰》同時連載的故事，請容我稍作介紹。

▼MF文庫J

《為何我的世界被遺忘了？》（為何我）

目前上市至第七集，第八集則是由細音我執筆中。

這系列也是小說和漫畫都創下了多次再版的佳績。其實七月的時候也舉辦了《為何我》的簽名會，感謝前來參加的各位讀者！

最後是致謝的時間。

插畫家猫鍋蒼老師。
感謝您繪製出色的封面，讓琪辛展露出百分之一百二十的魅力。您畫出的無數「荊棘」兼具美麗與恐怖，希望魅力四射的琪辛今後有更多活躍的機會！
責編Y大人。
除了各種長篇和短篇的讀後感外，和《這戰》有關的大小活動也都有勞您出面出力了。您將各個細節安排得十分到位，讓我感到非常開心。由於故事現在才剛要進入重點，希望您今後也能助我一臂之力！
而最該感謝的，自然是購入此書的各位讀者，請收下我的謝意。
劍士伊思卡和魔女公主愛麗絲的故事——
就在帝國和涅比利斯皇廳雙方同時迎接新時代到來之際，將兩人捲入其中的星之命運，會讓故事繼續加速前進。
還請各位期待震撼全世界的第八集。

那麼再會了——
希望能在預計冬季上市的《這戰》第八集再次見到各位。
另外，雖然前面已經提及過了，但還是誠摯歡迎各位來「Fantasia文庫大感謝祭２０１９」遊玩喔！

（應該有許多看頭才是……！）

仲夏的午間時分　細音啓

附記

細音我的個人推特https://twitter.com/sazanek會公布各種最新消息，請各位有空的時候過來看看喔！

下集預告

用掌聲和喝采迎接我！

這是此世最為劇烈的怒火，將用以消滅帝國！

涅比利斯女王倒下之後，皇廳政權大為震盪。

涅比利斯三大血族各自心懷著對帝國的仇恨，為實現各自的野心採取行動。

另一方面，伊思卡則為了救回被抓的希絲蓓爾，

找上愛麗絲進行交涉。

在知曉彼此的目的後，愛麗絲所下的決定是——

至高魔女與最強劍士的舞蹈，第八幕。

魔女樂園陷入崩潰，嶄新的始祖血脈們將採取行動。

這是妳與我的最後戰場，
或是開創世界的聖戰 8

近期預定發售！

國家圖書館出版品預行編目資料

這是妳與我的最後戰場，或是開創世界的聖戰 / 細音啟作；蔚山譯. -- 初版. -- 臺北市：臺灣角川股份有限公司, 2021.01-
冊；　公分. -- (Kadokawa fantastic novels)
譯自：キミと僕の最後の戦場、あるいは世界が始まる聖戦
ISBN 978-986-524-196-4(第7冊：平裝)

861.57　　　　　　　　　　　　109018342

Kadokawa
Fantastic
Novels

這是妳與我的最後戰場，或是開創世界的聖戰 7

（原著名：キミと僕の最後の戦場、あるいは世界が始まる聖戦 7）

2021年1月20日 初版第1刷發行

作　　者：細音啓
插　　畫：猫鍋蒼
譯　　者：蔚山

發 行 人：岩崎剛人
總 編 輯：蔡佩芬
編　　輯：彭曉凡
美術設計：李思穎
印　　務：李明修（主任）、張加恩（主任）、張凱棋

發 行 所：台灣角川股份有限公司
地　　址：105台北市光復北路11巷44號5樓
電　　話：（02）2747-2433
傳　　真：（02）2747-2558
網　　址：http://www.kadokawa.com.tw
劃撥帳戶：台灣角川股份有限公司
劃撥帳號：19487412
法律顧問：有澤法律事務所
製　　版：尚騰印刷事業有限公司
ＩＳＢＮ：978-986-524-196-4